中公文庫

ちいさな桃源郷

山の雑誌アルプ傑作選

池内　紀編

中央公論新社

目次

Ⅰ章

Ⅱ章

Ⅲ章

Ⅳ章

ちいさな桃源郷

山の雑誌アルプ傑作選

I章

三種の宝器

庄野英二

トルストイに、「人は寝るのに、どれだけの土地がいるか」という童話がある。

私は、この題を、何回、何十回、何百回もかみしめて味わった。

トルストイが、この童話を書いたのは、ヤースナヤ・ポリヤーナにおける晩年である。

トルストイが、「人は寝るのに――」を書いたのは、カフカズにおける軍人時代の体験が元になっているものと私は推測している。

若き日のトルストイは軍人であった。軍人といっても、ロシアの士官は貴族的特権階級で、日本の軍人のように、泥まみれになって地面をはいずり廻るようなことはあまりなかったかもしれない。

しかし、軍人であった以上、何回かは土の上に寝て露営の体験ぐらいしている筈である。

私は、高い山には登っていないが、学生時代から野外生活に趣味を持っていたので、キャンプや露営や、無人の寺や社の縁側の上や下で寝た経験は人後に落ちない。荷車やトラックの下で寝たこともある。

その上、約十年間の兵隊と野戦の経験をしている。

土の上や、石の上や、草の上や、コンクリートの上で宿泊するたびに思うのは、「人は寝るのにどれだけの土地がいるか」ということと、「一期一会」の思いである。

私は貧乏性のせいか、いまだかつて、金殿玉楼に住もうとか、軟褥《なんじょく》に夢を結ぼうなどと思ったことは一度もない。

私は、いつ迄《まで》も若いと思っていたが、この頃やっと老いを感じるようになってきた。私はやがて、天涯孤独の身になることを自覚している。そのために、そろそろ準備をしようと考えている。準備といっても、老人ホームへ入るためのヘソクリをするということではない。

老後の衣食住を安定させるために、三種の宝器を準備しておきたいのである。

衣は、軽量で、暖かく、且《か》つ防水の完璧なシュラフサックである。これについての説明は省く。

食は、食事のための厨房具である。私は飯盒《はんごう》や、コッフェルよりも洗面器を理想としている。洗面器といっても、安価なプラスティックや、アルミニュウム製品ではない、堅牢、上質、厚手の真鍮《しんちゅう》製品でなければならない。昔、日本郵船や大阪商船や、商船テナシチーや、タイタニック号に備えつけられていたような真鍮の洗面器である。

この洗面器さえあれば野外炊事に際して、芋屑《いもくず》とキャベツ屑と、その他あらゆる食品を混入してシチューを作ることが可能である。

なお、この洗面器は、洗面にも、洗濯にも利用が可能で、網袋にいれてリュックサックの代用にもなる。

住は、独寝《どくしん》蚊帳《かや》である。

私は南方の戦場へいったとき、個人用蚊帳《かや》を支給されたが、これほど便利なものはなかった。布地はガーゼににていたが丈夫で、大きさはタタミ一枚分であった。

私は子供の時から、大きな蚊帳を吊ったり、たたんだりするのが面倒でならなかった。

南方でもらった個人用蚊帳は、吊るのにも、たたむのにも便利で、軽量で、コッペパンぐらいの容積であった。南方では、マラリヤ予防のため蚊帳は必需品であった。

今日の我が国では、室内で蚊帳は不用である。しかし露営するためには、昆虫と夜露を防ぐために蚊帳を吊ったほうがよい。私は以前、独寝用テントを携行してヨーロッパを旅行したことがあるが、テントより蚊帳の方がよい。

蚊帳を吊って、シュラフサックにはいればこれほど快適な宿はない。夏季、暑ければシュラフサックの上で裸で寝るとよい。

私は木曽開田高原に山小屋を持っているが、蚊帳はやはり便利である。夜中、本を読んでいると、灯のまわりに小さな虫がとんできてうるさくて仕方がない。そのために蚊帳を吊る。

私はやがて天涯孤独の身となる。私は、シュラフサックと、独寝蚊帳と真鍮の洗面器を背負って放浪に、旅に出かける。

庄野英二（しょうの・えいじ）一九一五年生まれ。一九九三年没。作家。

赤石山麓の毛皮仲買人のことなど

椋　鳩十

私が、信州伊那谷《いなだに》の遠山郷——現在の南信濃《しなの》村——を、盛んに歩き廻ったのは、昭和十二、三年頃であった。今から、四十年も前の話である。

今は、飯田市から、三時間足らずで行かれるが、そのころは、一日かかりであった。もう、ここから先は、村里がないといわれる、南アルプス山麓《さんろく》の奥まった里であった。

和田の里は、遠山郷の中心地であったが、ほんの掌に乗るほどのわずかばかりの民家が、こちょこちょと並んでいるだけで、五分も歩けば、町通りは、おしまいになってしまうのであった。

けれども、その和田の町通りが私は好きであった。

軒先の屋根に、柿の幹の大きさだけ穴をあけて、柿の木が、高く伸びている家があったりした。柿の大木が、軒先の屋根をぶちぬいて天にそびえているのだ。何ともいえない、まことに珍しい眺めであった。

私はあるとき、その家の主に

「この柿の木は、何か由緒ある木なのかね」と、たずねたことがある。

「このあたりは、山また山で、食いものの少ないとこでなむ。実のなる柿の木は、だいじにしておかなければ」というのであった。

和田の里の入口に、駄菓子やラムネを売る小さな店があった。そこは、崖ぶちの道の方から見ると平屋であったが、実は、二階建の家であった。崖から突きだした大きな岩の上に建てた家で、道の方からは、全く見えないが、岩の上の二部屋が住《す》まいで、道路と平行になっているところが、店屋になっていた。

私は、この駄菓子屋さんと友人になって、ひまを持てあますと、この岩の上の座敷に通してもらって、ラムネを飲んだり、駄菓子をつまんだりするのであった。

この座敷の真下は、深い谷になっていて、遠山川が目下に見おろされた。遠山川の向う側は、帯ほどの畑がつづいていて、畑の向うには、首をうーんと、そらさなければ、見上げることも出来ないような、けわしく高い山が重なり合っていた。

雨上りには、そうした高い山々のシワのところだけに、水蒸気が集まって、白い煙のように、山のシワを伝って、上へ上へと立ちのぼっていた。水蒸気が山をはなれて、空にのぼると、淡い雲のようなものとなって、流れながら、空の中に、吸いこまれていってしもうのであった。

この座敷は、夜の眺めもよかった。

障子を明けると、もう、そこに空が見えた。高い山と山との間の細い空であった。

細い空には、星がいっぱいに輝いていた。

空気が澄みきっていると、星が大きく見えるのであろうか。下界の里でみる星の何倍も大きな星に見えた。

人間の少ないこの里では、夜になると、ほんとに、まっ暗闇になるのであった。闇というものは、こんな分厚く、でっかいものかと驚くほど、地上を、えたいのしれないまっ黒いものが、ひとのみにしてしもうのだ。

ところが、この闇の中で、空だけは明るいのである。星明りで、微光をもった水浅黄の色に染められるのであった。

こういう所で空を眺めていると、彼方遠く、パライソがあるという感じになるのであった。

私は、この駄菓子屋の岩の上の座敷を、「仙人の座」と、名づけるのであった。

この遠山郷で、「星野屋」の主人と知り合いになった。後には、親戚づきあいをするほどの親しい仲になって、遠山郷を訪ねたおりは、何日も、何日も、居候をきめこむのであった。

星野屋は、猟期になると、シカやイノシシを集めて、各地に送る仲買をやり、春になって雪が解けはじめると、シカやテンやタヌキやキツネの皮の仲買人に早がわりするのであった。すなわち、山の獲物の仲買が星野屋の生業だった。

私は、この里の、ずっと奥まった山中に住む狩人を訪ねて、けだものの皮を買いに出かける星野屋の主人のお伴をして、まだ、まだら雪の残っている春の山を、歩きまわるのであった。

狩人といっても、彼等の生業は木こりであったり、炭焼きであった。猟期の間だけを、狩人専門で暮しを立てる人々であった。

まあ、よくこんな所に暮せたものだと思われるほど、奥まった山の南向きの斜面に、二、三軒ほどずつ、小さくかたまって住んでいた。

彼等の家は、ほとんど、遠山川に流れ込む支流を逆にのぼっていったあたりにあった。支流にそって、ウサギ道のような細い道を奥へ奥へとはいっていくのであった。細い道は、林の中にはいったり、川ぶちに出たりして、うねうねと、どこまでもつづくのである。もちろん、あたりには、一軒の家もない。

このあたりの山は、落葉樹が多い。落葉樹たちは、雪がとけはじめると、枝ごとに、ぷつんとした、緑っぽいふくらみをつける。そのふくらみは、新芽の匂ともちがった、生命が生れる前の不思議な匂を発散させる。

かすかに、極めて極めてかすかなものであるが、何万本、何十万本という、ふくらみをつけた木の枝が、風にゆれると、たしかに、そうした不思議な匂がするのである。

それは、私が感じるだけでなく、星野屋の主人も、胸を張って、あたりを見廻しながら、

「春がもう、すぐそこに近づいているなむ」と感慨ぶかそうにいうのである。

雪深い山国の人間にとっては、春は、まことに、華やかなものと感じられるのである。

日当りのよい川ぶちに、道をだらだらとおりて行くと、目にしみるほど、あざやかな緑の玉となって、フキノトウがぷつん、ぷつんと頭を出していたりする。

そういう場所にくると、星野屋の主人は、あたりを、きょろきょろと、見廻しながら、歩きまわる。そしていうのだ。

「熊の野郎め、冬眠から覚めたようだむ」

「なぜ、わかるのかね」

「そおれ、見なされや。ひっかき廻してフキノトウを食った跡があるずら、あれは、熊の仕業だに……」

「熊は、フキノトウが好きなのかなあ」

「冬眠から覚めて、穴から出た熊は、まず一番に、フキノトウを食うのな。どこか、この近くに、冬眠の穴があったんだなむ。こりゃあ、今年の冬が楽しみだに……」

「なぜ、熊は、冬眠から覚めると、一番に、フキノトウを食うのかなあ」

「そんなことは、熊に聞かにゃあわからんが、熊はそうするのな」

熊の話が出たついでに、星野屋の主人は、どっこいしょと、岩の上に腰をおろして、熊を買う時の話をしてくれるのである。

熊が獲れると、狩人たちは、五人、六人がかりで、星野屋に熊をかつぎ込んでくる。

熊の肉は、あまりうまくないので、二足三毛の値しかしない。

毛皮は、かなりの値がする。

一番高い値のするのは、熊のイである。

熊のイというのは、胃の腑のことではない。熊のタンノウのことである。

熊の値段は、このタンノウの大きさによってつけられるのである。

けれど、このタンノウを取り出してから、値をきめるのではない。熊の大きさ、太っているか、痩せているかといった外見をみて、タンノウの大きさを、勘で見当をつけるのである。

けれどまた、外見が大きいからといって、タンノウが大きいとも限らない。思いの外に小さなタンノウがあることもある。栄養不良のように、痩《や》せていても、びっくりする大きいのが、はいっていることもある。

だから売る方も、買う方も、一種のバクチみたいなものである。

これは、昔からのしきたりで、現在も、熊の場合は、こういうとりひきが保たれている。

熊を買う時に、まず、一番最初にすることは、鉄砲の弾のうちこまれたところに、ワラズボンを、ずっと奥まで通す。そして、ワラズボンを引きぬいて、なめてみる。ワラズボンの先が、苦い味がしたら、タンノウが、弾でうちくだかれている証拠であるから、熊の値段は、ただみたいなものである。

ワラズボンを通してから、値段の交渉がはじまるのである。

やれ大きい、小さい、というような駆引きが、のびやかに、二時間も、三時間もつづく。

値段がきまって、思いの外に、大きなタンノウが出たりすると、狩人たちは、

「いやあ、大損をしたわ」と、すっかりしょげかえってしもう。

反対に、小さなタンノウが出ると、

「やあ、もうけた。大もうけだわ」と飛び上って喜んで、天下でも取ったように、大威張りで、山に引き上げて行くのだ。

さて、この曲りくねった細い道を、あるいて行くと、日当りのよい、山の斜のススキのしげっている中で、タヌキが、日和《ひなた》ぼっこをしながら、昼寝をしているのを、よく見かけたものであった。

人間と同じように、春になると、タヌキでも、眠《ね》む気《け》を催すのであろうか。

山に住むものたちは、今が猟期であるか、もう猟期がすぎたかということを、ちゃんと敏感に感じとっているようであった。

春のタヌキたちは、人間が近くを通っても、あわてて逃げ出すことがなかった。

山ドリもそうであった。

猟期の間は、人間の前に姿を現わすことがめったにない山ドリも、道のすぐ近くの林の

中で、冬の間の空腹を、大急ぎで取りもどそうとするかのように、朽ちた落葉を、引っかき廻してしきりに餌をあさっているのである。山ドリもまた、私たちが、近くを通っても、あわてて、飛び立つようすも示さないのであった。

山どりの尾のながながしといわれた、純粋に自然そのものの山どりが、あの尾を引きずって、黒いほど濃いルリ色の背を光らせながら、自然林の中で餌さをあさる姿は、ほんとに、胸がどきつくほど美しいものであった。

星野屋が、狩人と皮の取り引きをするのもまた、かわった眺めであった。

まず、一杯飲むことから始まる。飲みながら雑談しているうちに、狩人は、突然、立上って、皮を一枚だけ持ってくる。

どの狩人も、やり方は、判で押したように同じようなやり方をするのである。

星野屋は、それをまた、念を入れて、なぜてみたり、ひっくりかえしてみたりして、馬鹿丁寧《ていねい》に調べる。

こうして値段がきまると、狩人は、また、一枚だけ皮を持ってくる。初めのやつより、やや上質の皮を……こういうやり方が何回も繰り返されるのだが、後から持ってくるほど段々上質の皮になるのである。

十枚の皮を買うのに、三時間ほどかかるのである。狩人の家を、三軒も訪ねたら、とっぷり日が暮れてしまう。

私は、古い時代の、シベリアかアラスカの狩人と皮の仲買のやりとりを、見ているような気がして、すっかり愉快になってしもうのであった。

「まったく、このへんのやつらは、用心深いというのか、疑い深いというのかなむ。一枚ずつしか持って来なくて、手早く値段をきめると、いいかげんに、安い値段をつけたのじゃないかと疑うのな。始末に困っちまうに……」などと、まっ暗闇の山道を、チョウチンを、ふりふり、たらたらと、愚痴《ぐち》をならべるのであった。

それでも、皮が沢山に手にはいった時などは、すっかり機嫌がよくなって、大きな声で馬子唄《まごうた》を歌ったりするのであった。

しーんと静まり返った、まっ暗闇の深山の中に、吸い込まれて行く馬子唄は、体中に沁みわたるような哀調を感じさせるのであった。

暗い暗い、黒ウルシのように暗い、大きな闇の中で、星野屋の手に持つチョウチンのあかりだけが、ぼうーと、一メートル四方ぐらいを、アメ色に明るく染めるのであった。

そのあかりを目がけて、ムササビが、高い梢から、滑走して、私たちの肩のあたりをかすめていくこともあった。

遠山郷は、動物の宝倉といわれていたが、ほんとに、野生のものどもの多いところであった。

戦争を境に、遠山郷へも、ずいぶん長い間ご無沙汰してしまった。

昭和四十年代に、ほんとに久しぶりで遠山郷を訪ねた。

星野屋も二代目の若主人の代になっていた。

「あんたが、親父のところに、ようこられた頃とは、遠山も、すっかり、かわっちまったになあ。今じゃあ、町方からやって来る鉄砲うちの方が、動物の数より多いくらいな。今じゃあ、猟期になっても、イノシシを手に入れるのが困難だというありさまな」

二代目は、ブタ肉を、小さくきざみながらなげくのであった。

椋鳩十（むく・はとじゅう）一九〇五年生まれ。一九八七年没。作家。

神流川を遡《さかのぼ》って

深田久弥

旅は当てのないのが楽しい。窮屈《きゅうくつ》なプランに縛られながら歩くのは、団体旅行に任せるがよい。今夜はどこで泊ろうか。あすはどんな目にあうだろうか。その予感に胸をとどろかすところに旅の興奮とスリルがある。所詮旅とは一種の賭だ。芭蕉《ばしょう》は一生を旅に賭けた。

その時の私たちの旅もあてなしだった。ただ方向だけはあった。上州神流川《かんながわ》。その渓流中の三波石峡《さんばせききょう》と呼ばれるところは、文部省指定の天然記念物となったと新聞で読んだばかりだった。ともあれそこまで行ってみよう。

高崎線の本庄駅で降りて、神流川に沿う鬼石《おにし》町まで車を駆った。三月も終りに近く、関東平野を走る往還には、バスと擦れ違う毎に、濛々《もうもう》と春塵が立った。もし余裕があって名所旧跡訪問癖のある人だったら、この近くには、土師《はじ》の祖先のお宮だの、埴輪《はにわ》製造所だの、国宝の多宝塔を持つ金鑽《かなさな》神社だのがあることを、紹介しておこう。私たちも金鑽神社に一詣でした。四月十五日の例祭には、近在数万の人が集まるという。

鬼石の近くには冬桜で有名な桜山がある。ここの数百本の桜は冬期に花を開く。返り咲きではない、そんな種類なのである。ここでは冬の最中にお花見の宴が開かれる。もし月を得れば、雪月花のおもむきに接することも出来そうである。

鬼石から一里ほど神流川をのぼったところに、名勝三波石峡がある。幾らか青みを帯びた大きな石が磊々《らいらい》と川中に横たわり、そこに清流が激して、一種の渓谷美をなしている。石は大小四十八あって、一々名がついている。

まずその大観を俯瞰《ふかん》し、ついで石の上に降りて、その部分を観賞した。石の色がなかかいい。東京の庭師が大へんここの石を珍重しているという。

しかしおよそ名勝なんてものは、十五分も見ておればもう退屈してくるものだ。私たち二人はそこを引上げ、神流川の清流に沿って更に遡《さかのぼ》ってみることにした。名勝旧跡などよりも、名の知れぬ見知らぬ町をおとずれて、一風変った家の作りを見あげたり、おかみさんたちの会話に耳をかしたり、一種の嗅覚をもってその町の歓楽地を探しあてたりすることに興味のない人は、真の旅人と呼ばれる資格はない。

万場《まんば》という小さな町はそういう旅人の興味を満足させてくれる山間の一宿駅である。ここは川上の山村から下ってきた素朴さと、川下の平野からのぼってきた文化とが、ちょうどぶつかりあったような、混成的風景が至るところに見られる。古いものと新しいもの、のんびりさとコスッカラさ、それが雑然と同居しているところがおもしろい。炭を背一杯に積んだ馬子《まご》と、パーマネントにハイヒールの娘さんとがすれ違う。水車のすぐ脇に、大衆酒場と棒杭をたてたアイマイ酒場がある。

　私たちが訪れた時は、ちょうど旧暦の雛祭で大ていの家に雛壇の飾ってあるのが、表からも目についた。万場で一番にぎわう三大行事というのが、町の運動会と、御荷鉾《みかぼ》山の不動尊詣りと、雛市だそうで、三月三十一日には街道の両側に雛市が立って、町全体が色めきわたるという。

　一本筋しかない町の端に、もしそこに「各社優秀映画上映」と書いた紙看板がなかったら映画館とは察しられぬ落ちぶれた小屋があって、入口にはどてらを着た爺さんが、イスと机をすえて木戸番をしていた。夜のつれづれに、その小屋の莚《むしろ》の上に坐って、発声の定かでないチャンバラ映画をみた。

　万場には宿屋が二軒、私たちはその一軒に泊った。五百円の宿料だったが、親切なもてなしであった。夕飯にも朝食にも、弁当にまで、神流川の山女魚《やまめ》がついた。

　万場から南の方の山を越えて秩父方面に出るか、北の方の山を越えて下仁田《しもにた》方面に出るか、朝出発するまで決しかねていた。ともかく神流川の流れをもっと辿ってみよう。そうきめて川上の乙母《おとも》行のバスに乗った。

　道はずっと流れに沿って、絵のような風景が次々と展開する。日本の河川の上流は大てい水力発電所で荒らされているのが常だが、神流川には人工の加えた傷痕がない。両側の山は高いが、川原が広くゆったりしているので、渓谷とは言え何となくのんびりした景色である。東京の近くにあったらすぐ名所になりそうな、奇岩怪石といった類いなら無数にある。

上流の方から薪《たきぎ》と木炭を高く積み上げたトラックが下ってくる。道が狭いので擦れ違うごとに「バック、バック、オーライ」を繰り返す。ところどころ道の傍に卒塔婆の立っているのは、そこから谷川へ墜落した不幸な人々の供養である。ただしバスは今までに一度も落ちたことがないと、車掌は乗客たちを安心させた。

一時間足らずで終点乙母に着く。バスを棄てた私たちは更に川上へと道を辿った。神流川を覗くと、底の石まで数えられる澄んだ水の中に、群をなして泳いでいるのは山女魚か。神寄《かより》、乙父《おっち》などという鄙《ひな》びた部落は、背に山を負って、いま梅、桃、椿などの盛り。水車がのどかな音を立てて回っていた。小春という部落は、ちょうどお祭で、家の表が開け放され、着飾った娘たちが動いていた。

この道筋をどこまでも辿って行くと、県境の十石峠を越えて、信州千曲《ちくま》川の上流に出る。この道は古くからの武州街道で、昔は相当の交通量があったらしい。交通の発達と共に寂れて行く街道の一つであろう。道祖神や馬頭観世音が道端のところどころに立っていて、試みにその石に刻んだ年号を見ると、文化とか文政とかいう時代である。

楢原《ならはら》という部落で神流川に別れて、北の方塩ノ沢峠に通じる道に入った。そこを登って行くと、桃源郷のような楢沢の部落があった。山腹の急斜面を拓いて青々とした麦畑が拡がり、その間にジグザグの道がついていて、木炭を背負った村の人たちが相続いて降りてくる。小学二・三年くらいの子供も一俵担いでいる。中学生くらいなのは二俵、年頃の娘さんは三俵、おかみさんは四俵といった工合である。ジグザグの折目で休んで話をしてみると、皆まだ東京を見たことがないという。銀座を綺羅《きら》を飾って歩く人たちに、こういう山村の労働をも見せたいものである。

檜沢から更に急な道を登って行くと、広々とした開墾地へ出た。開墾小屋のような粗末な長屋が一棟、それが地図にある大平であった。振返ると、両神山から小倉山に続く連山がよく見えた。このあたりの山々は、ピッケルやザイルのクライマーたちには物足りなく、といってガイド・ブックを頼りのハイカーたちにはちょっと手にあまるといった風で、東京からそれほど遠距離でもないのに、一番見落されている地域のように思われる。

大平から暫らくの登りで、一二〇〇メートルの頂点に立った。大きな木立のかげに祠があって、そのあたりに雪が残っていた。そこから山腹を縫って道は下りになる。やがて塩ノ沢峠に出た。

塩ノ沢峠は一〇六二メートル、今度は北の方上信の山々が遠近重なりあって眼前に展ける。浅間山が一際高い。茗荷を立てたような妙義山がその前に控えている。それらの山々を倦《あ》かず眺めながら上州の方へ下って行った。途中からトラックの通る新道路が工事中であった。この新道路はやがて峠をトンネルで打抜き、神流川まで通じる予定だそうで、伐木の運搬がその道路の主な任務ということだった。

私たちは旧道を下って行った。上州側の村にも旧暦の雛の飾ってある家が見えた。どの雛も大小の差はあれ全部一様の製作で、そのおんなじ恰好をした雛が、幾段もの雛壇に犇《ひし》めくように並んでいるさまは、何だか物《もの》の怪《け》じみて見えた。そのほかどの家にも、眼玉の入っていない達磨がおいてある。これは養蚕の上簇《じょうぞく》の時に眼を入れるのだそうである。画竜点睛《がりょうてんせい》の達磨版とでも言うべきか。

谷間の道を抜け出て、南牧《なんもく》川のほとりに出ると、そこは磐戸という町で、今までの山道が嘘であったような現代生活の世界であった。私たちはそこのとある飲食店でビールを飲みながら、下仁田行のバスを待った。

深田久弥（ふかだ・きゅうや）一九〇三年生まれ。一九七一年没。作家。

小屋で暮したとき

辻まこと

1　ツブラの隠れびと

夕方東京を発つと、湖に着くのは夜中だ。小屋は村から岬を一つ廻ったツブラの入江にあった。津原と地図には書いてあるが、あて字だろう。樹海のことをマルビ、村の反対側の入江をカルビと村の人達はよぶ。どういう意味なのか何語なのか調べてみもしないが、ボクには判らない。

いつも夜中に、管理を頼んである隆亮爺さんを叩き起してはバッテラと称する、オールで漕ぐ和船のクラッチとランプを受取って、夜の湖を横切って行った。

小屋は入江の真中にポツンと在る。十畳の部屋がひとつだけ。中心に囲炉裏《いろり》がある。仲間は四人だからこれで十分だ。台所は二間半に一間半で、食堂も兼ねるはずだったができあがってみると、誰もかれも眺めのいいベランダで食べたがる。風の日は窓ぎわ、寒くなると囲炉裏ばた。一度も台所のテーブルで食事をした記憶はない。

傾斜地なので、湖に面したベランダは二階の高さになった。渚から小屋まで約百m。小屋に近い五十mほどは短い雑草がある。その境界あたりのところに二mぐらいのヒョロヒョロした白樺が一本あった。Wがどこからかもってきて植えたのだが、一向に冴えなかった。まっくらな晩には船の上からランプをかざしたぐらいでは、小屋のありかは判らなかったが、この樹の葉がちらちらするので、上陸地点をきめるのに便利だった。

村の人はボクたちがいつも夜中にやってくるので『ツブラの隠れびと』といってからかったが、ボクたちはかえってこの呼称を喜こんだ。

2　メシだぞォー

四人そろったときは食事当番をきめて、当番以外はてんでに山へ出掛けたり、船を漕ぎだしたり、魚を釣りに出掛けたりした。あらかじめ時間をきめても、そのとおりにはなかなかアリツケないので、小屋の前に柱を立てて用意ができたら信号旗を掲げることにした。最初のデザインはスプーンとフォクのクロスした洒落れたものだったが、女性ハイカーが五人これをみて、なにか食わせる家とまちがえて三十分も苦労して路のない岬を廻ってやってきたので、みんなクサって、丼にゴハンという古風なやつに変えた。この旗は十二ヶ岳の頂上からでも8倍の望遠鏡を使えば、よく見えた。

カワセがきた、手紙がきた、客あり女性なり……などいろいろとくだらない旗も作ったがあまり使わなかった。

ボクが食事当番のときに、横の流れに冷して置いたデザート用のパイカンが、取りに行ってみるとなくなっていた事件があった。

当面の責任者であるボクは仕方がないから、流れの近くの桑畑で、働いているとも陽に当っているともつかずぼんやりしている太郎のところへ行ってみた。太郎は立派な体格をしていたが、いわば子供であって、村の人や兄弟からも一人前には取扱ってもらえない人物だった。

——太郎おまえパイカン知らないか?

——パイカンちゃナンダ? 学生。

——パイナップルのカンヅメだよ。そこの水の中に冷しておいたんだ。

——いんにゃ! おりゃアンナすっぺえものは知らねえ……

のどかな太郎の表情は、パイカンを平らげるよりも私を満足させた。

3 もみじのまるた

秋のはじめに大きな台風が通りすぎて、一晩小屋は揺れどおしだった。湖の波は地ひびきを立て、まるで荒海の岸にいるような気持がした。翌朝は嘘のような上天気だったが、湖はまだにごって波立っていた。渚に打ち上げられたさまざまな芥に混じって真黒な、なにか前世紀の爬虫類の死体をおもわせるものが見える。近づいてみると一抱え半もある大木の幹だった。

どのくらい昔から水の中に沈んでいたのか見当もつかないが、びっしり水を含んでいて、四人がかりで押せども引けどもびくともしない。今さらながら、これを湖底から引ずりあげた台風のエネルギーに敬意を表した。

村にきていた船大工にたのんで、二尺ほどの厚さの輪切りを二つこしらえてもらい、テーブルにしたのは一ヶ月ばかり経ってのことだったが、そのときもまだ呆れるほど重かった。

木が乾いていくに従って、黒い色はしだいに茶色がかってきて、最後に素晴しい明るい栗色になった。ふしぎにもひびらしいものははいらなかった。

その翌年の春に、鱒釣りの男が、小屋へやってきて、お茶を飲ませてくれまいかと言うのでベランダへ上げると、べんとうを使いながらしきりにテーブルを指でこすっては眺めていたが、これは立派なものだ、どこで手に入れたかとたずねるので、ざっと由来を聞かせると、実は自分は谷村町で材木商を営んでいる某というものだが、こんな大きなモミジを見たのは初めてである。そこで自分はいま一つの考えが浮んだのだが、もし腕のたしかな職人にまかせて、これで火鉢を作ったなら素晴しいものができるとおもう、なんと一つだけでも譲ってもらえまいかというのである。

話が正直で感じが良かったから六十円で売った。その金でボクたちは一年間女中をやとった。

4 こうもり穴

対岸の熔岩の岸からまっすぐ樹海に這入《はい》り二十分ほど行くと、こうもり穴があった。洞窟の奥はかなり深く、路もいくつかに別れていて、もし中で灯でも消えれば出られなくなりそうなところだ。何度か行って壁に印しなどつけて探険し、地図なども作った。路の途中が井戸のように陥ちていて、その底にまた路が続いていて、まだ誰もそこまで到達していないことを発見してうれしがったりした。

しかしどの新しい路も行止りになっていて、意外な空間に出られるというボク達の期待は外れてしまった。ただ一つだけ横一間ぐらい高さ五寸ぐらいの穴があって懐中電灯でその透間から先を見ると再び広くなっている穴があったが、どうにも仕様がない。夏の間は洞穴の中は冷えていて、こうもりはいなかったが、秋になって外気が冷えてくると穴の中は逆に暖かくなって、こうもりが出入りする。洞穴の中はいつもじめじめしていて、上から水滴がしたたり落ちるのであまり気持はよくない。それに下は泥々して足首までもぐるようなぬかるみがところどころに落し穴のようにある。その泥は、どうもボクの推察するところでは、単純なものではなく、こうもりの糞らしく、そう思うと胸が悪くなったものだ。

晩秋になって洞穴にいってみると、こうもりが天井にびっしりと鈴なりになってぶら下っている。茄子でももぎ取るように、つかんでは袋にいれては表へ持ち出した。湖を渡りながら一匹ずつ出しては仔細に眺める。こうもりの顔は想像し得る限りにおいて、最も醜悪だ。中でもキクガシラコーモリがひどい。しかし雌の胸はまるで人間のそれのようにふくらみがあって、かわいいピンク色の乳首がついている。

袋のこうもりを湖の上で一度に放すと、まるで爆発だ。ボクたちはこれをコーモリ花火とよんだ。

5　カモフリョーズ

冬になると鉄砲を抱えて駆けまわった。村では猟師を殺生人とよんだ。ボクたちも殺生に夢中になった。それで小屋にも、よく村の殺生人が訪れてくるようになった。

信之介という男はビッコだった。彼の表現によれば、熊に向うズネをカッチャカレたのだ。やっと仕留めた熊は皮と胆を売って百円になった。その疵の手当てに「かくしの湯」へ行ったら治るのに一ヶ月かかった。ちょうど百円かかったから、ま、モトモトだったたわけさ……とビッコを引きながら話してくれた。

となりの河口湖は禁猟区なので、長浜から小海にかけて岸に近くカモが群になって浮いている。手のとどきそうな距離であくびなどする。ところが、こっちの湖面のカモはよく射程距離を心得ていて、岸から行っても、舟で近づいても、けっしてマゴマゴしてはいない。このカモは河口湖の奴と別口かというと、そうではなく、同じ奴なのだ。夜のあけ方に鳥居峠を越えてやってくる。

峠の上に夜のうちから待ちかまえていて、夜あけの霧にまぎれて越境してくカモをねらうが全くあたらない。陽が射して気付いてみると、落ちているものはカラのケースと自分の気持だけである。

雪が下りて真白になったある日、ボクは頭からシーツをかぶって出掛けた。Eがどういうつもりだときくから、これが本当のカモフラージュというものだと得意になってカモのほうへ背を低くしてしのんで行った。しかしカモの眼は良くできているとみえて矢張りダメだった。

ある日東京で、Eがだまって一枚の写真をボクに見せた。いつの間に撮ったのか、それはシーツをかぶった殺生人の写真だった。下にカモ不猟図と書いてあった。

辻まこと（つじ・まこと）一九一四年生まれ。一九七五年没。画家。

廃屋の夏

吉田　元

ヤウシュベツ川は根室原野の数多い丘陵をぬって、風蓮湖《ふうれんこ》にそそいでいる野地川のうちの一つである。この流れの主流からは、いくつもの小さな枝川が湿原に張り出した丘と丘との間や、シロガシやハンの木が生《お》い茂る森の奥深くまで滲み入るように入りこんでいて、その激しい曲折は、平原を流れる川特有の、気ままで、急がぬ旅路の行程を示している。

東西に走るヤウシュベツ川の本流と平行して、北側の丘の上には、古くからある一すじの馬道が通じている。その最初の歩行者は、明治から大正時代にかけて、薪炭の山林を求めて森に入った人びとだった。かれらは焼き上がった炭を幾頭もの道産馬に背負わせて、丘の上の平坦な場所を選びながら、川沿いに下流をめざしたのである。

かれらの旅は風蓮湖に面した、とある小さな丘の上で終わった。眼下には広大な湿原が開け、馬道をたどる間、樹々の間に見えがくれしながら、ずっと行を共にしてきたヤウシュベツの流れも、やはり、そこで旅を終わろうとしていた。駄送馬の群れは仕事から解放され、荷は河口に待つ船頭たちに引継がれた。船はいっせいに白帆を張り、南をさして湖を去った。湖の潮切りを乗りきった船は、そのまま、根室へ、さらには国後島《くなしりとう》へと向かったのである。

　丘の上の馬道は、今では、もうほとんど利用されていない。しかし、火山灰をまきたてて走る自動車に追い散らされながら、すっかり開発されつくした本街道を行くことを、胸糞悪いと思う昔気質《かたぎ》の牧人くずれや、猟師や、山林《やま》稼ぎの連中が、時たま、通ることがある。かれらはサラサラと笹原を渡る風の音を聞き、地平の雲の誕生から、旅路の果ての終焉《しゅうえん》までも見とどけながら、その昔の荒々しかった樹木の掠奪時代や馬の時代の主役にかえって、細々と通って行くのである。

　湖岸に発した馬道を西の方に一里ほど奥に入ると、道の右手に、ひときわ小高い丘が見えてくる。笹におおわれた頂には、立枯れたり、落雷に無残に引き裂かれて黒焦げになった数本のミズナラの巨木が天にそそり立っている。

　この丘の南側の麓のヤマナラシの林のかげに、平らな草原があって、その草の中の一本の大きなオニグルミの木の傍《かたわら》に、ひとむれの古い牧舎が建っている。馬道をたどる連中の間にだけ通じることばで、親しみをこめて〈牧場〉と呼ばれている場所がそれだ。かれらは牧場の気のいい主人と炉端に酒を酌み交したり、暑い夏の日の午後、オニグルミの木かげに涼をとりながら、あれこれ世間話にふけった思い出を持っている。

　馬道に面した木戸を入ると、長年、荷馬車が踏み固めて通った轍道が二本のあざやかな筋を描いて、深い草の中をずうっと牧舎の方へのびている。まん中の盛り上がった土の部分には、オオバコや、シバ草が茂り、地上で餌を拾っていた小鳥の姿がバッタの群れのようにバラバラとびたつと、路傍の茂みに、まっさかさまにささりこむ。だが、すぐ草の茎を這い上がってくると、はるか遠い先の道に下りて、また餌をあさり始める。木戸から牧舎までは、そう、かれこれ二百間近くはある。

牧舎はごつい木枠によって、しっかりはめ込まれた二重窓を持つ、一見、ロシア兵舎風の母屋《おもや》と、苔の生えた急な傾斜をみせる草葺き屋根の馬屋を中心に、へしゅがんだ飼料小屋と納屋がついている。母屋の前庭には、はねつるべ、馬屋の大きな吊り戸の外には、ニレの木作りのいかにも頑丈げな追込みがある。その用材の太さや、風雨にいためつけられた木目の深さは、牧場がよほどの昔、辺《あた》りに樹木が有り余っていた時代に作られたものだということを教えている。

牧場は住まい手を失ってから、もうだいぶんになる——というのは、わたしがいつ通りかかっても、まだ一度も人かげを見たことがないからだ。

たしかに、ここでは自然はその支配力を取り返しつつある。雑草は牧舎に押し寄せ、人間の背丈ほどもあるヤマハハコやエゾニュウの花が、風に揺れるがままに母屋の窓ガラスをすりながら、布の隙間から、家の内をのぞきこんでいる。クロユリやエゾリンドウは、空しくなった人間の営みを悼むもののように、かつてトウモロコシ畑や、花畑や、牧草地だった辺りに、乱れ咲いている。

しかし、ここがまったくの廃墟だといってしまうわけにはいかない。

ある夏の日、おだやかな夕映えの光が草にふりかかるころだった。馬道をたどって来たわたしは、深い草の彼方の一群の牧舎のたたずまいに、思わず目を奪われた。牧場がいきいきと息づいている。牧舎の窓は鮮明なルビー色に染まり、静まりかえって大気をつらぬいて、馬屋の高い屋根の上からは、風向計のプロペラの音が、ひときわ高らかにカラカラと聞こえてきた。牧場の誰かが帰って来たのだ。牧場主かもしれない。そうにちがいない。

ヤマナラシの林の外れでは、一頭の乗用種のアングロノルマンが無心に草を食《は》んでいた。時折、馬は頭を上げ、伸び上がるようにして、草深い牧舎の方を見る。母屋の玄関を出て、草原を近づいて来た主人が、自分の背に鞍を投げかけ、牧場の見回りに出かけるのを待ってでもいるかのようだ。

「誰かいますか」

わたしは母屋の前庭に立って、そう呼びかけたい衝動にかられた。しかし、さすがにそうはしなかった。答える声などあろうはずがない。家の内はコトリともせず、さきほど、馬道に立って、煙筒の煙と見えた雲が、いまは牧舎の背後の空遠く、丘の巨大な枯木の彼方に流れ去って行くところだ。風向計のプロペラも、いつの間にか、鳴りをひそめている。

「誰かいますか」

それでも、わたしは、やはり声に出して問いかけないではいられなかった。牧舎の裏手の山ブドウの茂みの辺りで、夕べを鳴く小鳥の声だけが聞こえてきた。それはそれで満足だった。わたしは自分の一生で、そう幾つとはない重大な荷物の一つを無事に下ろしたような気がした。

わたしは馬屋の追込みの柵のところへ歩いていって、しばらく、たそがれてゆく無人の牧場を見ていた。草はすでに暮れ、小鳥の声は闇に沈んで、オニグルミの梢を夜風がひそやかに渡りはじめていた。

いつも磨きたてた乗馬靴をはき、見事なトロットで馬を走らせながら、丘の上に夕暮れを迎えに行くのが好きだったという牧場の主。眼下に横たわる広漠とした風景を指さしながら、ここからは自分の一生が全部見渡せると話して聞かせるのを常としたというその男は、どんな人間だったのだろう――このときから、わたしの心の奥深くに、おりにふれて、馬道の連中から聞いた牧場主という人のことが、重く領してはなれなくなった。そして、幾度かこの同じ場所をおとずれながら、さほど気にもとめなかった風景――母屋の軒下にきちんと積まれた薪の山や、柵の上に干されたままになっているゴム長や、母屋の玄関戸にぶら下がっている一枚の小さな板ぎれに書かれた〈外出中〉の文字が、鋭く心に突きささってきた。

ただそれだけのことなのだ。あれから数年が過ぎたが、それ以後、草の中の廃墟の牧場について、つけ加える知識をなにも持たない。しかし、オニグルミの木の傍の、あの好ましい牧舎のたたずまいや、去っていった牧場のひとびと、それに馬道に出会った男たちへの想いだけは、年ごとに豊かになってくる。そして、あの夏の日の夕暮れ、牧場の母屋の玄関で、もし声をかけないでしまったら、わたしは、そのことを一生くやむにちがいないと思う。あの時、わたしの生涯における重要な一瞬が、重苦しく、しかも事もなげに通りすぎていったのだという思いに変りはない。ヤウシュベツ川下流地方一帯の地域で、近く国営パイロット・ファームの建設が始まると聞かされてから、その思いは、いっそう激しく心を打ってくる。

吉田元（よしだ・はじめ）一九三〇年生まれ。二〇〇五年没。著述家。

桃源境・三之公《さんのこう》谷
――アマゴ、アカショウビン、マンジュウゴケ――

斐太猪之介

五月下旬、若葉時の三之公谷を訪ねた。近鉄吉野線の上市《かみいち》駅で、バスで柏木《かしわぎ》までいって、そこからタクシーで北股川の三之公出会いまで走った。大阪阿倍野橋から三時間ほどである。

タクシーから降りると、道下十メートルほどに北股峡谷と三之公川がかち合って、岩をかむ清流が淵を作っている。三之公谷へゆく小道は、流れに沿った断崖を斜めに切った桟橋を登ることから始まる。梯子のような桟橋の下にはイワナンテンやシャクナゲがはりついているが、危い足どりで十数メートルを登ると、明治末に植林した杉林の杣道《そまみち》へ出る。杣道はだらだら下りに川原へ出るが、川を隔てた対岸の斜面は、トガサワラという化石的な珍木の原始林で、シカもシシもいるが、私が野草を調べながら歩いていた時、コルリがしきりに囀《さえず》っていた。鳴き方は複雑で、はっきり文字に表現することが難しいが、私の手帳には「チーピー、チーピー、ピチョピチョピチョピチョピチョ、ピーチー、ピチョピチョピチョ、ツーピーチー、ピチョピチョピチョピチョ」と印されていた。

この杉林の杣道から川原へ出ると、明るい平坦な流れで、入口の岩場など想像も出来ない川原道になる。大蛇嵓《くら》の数百メートルの断崖の上に、大台ヶ原山の平原があるように、三之公谷も、ここから十キロほどの奥まで、里の川のようにゆるやかにシャラシャラと流れている。やはり平原が隆起してから、北股峡谷の線で、陥没したものであろうか。

祖父の時代から、ここの山守りをしているという西浦さんの家は、北股の県道から一時間半ほど歩いた八幡平にある。平といっても、ゆるやかな斜面の裾を川が大曲りに回っているだけのことであるが、ここに山主の事務所と、伐採従業員の仮住いが七―八軒あり、部落の上に南北朝時代の神社もある。

私は、昭和三十年の、やはり初夏、ここで西浦房太郎老人から、オオカミが大台ヶ原山に、残存している話を聞いた。彼は下西荒吉さんという吉野郡川上村入之波《しおのは》の猟友と一緒に、同じ年の三月十五日に堂倉谷から大台ヶ原山の日出ヶ岳へシシ猟にいって、粟谷へ入っている雪上の足跡をみたのである。堂倉の営林署の事務所に泊まった前夜、猟犬が家の中へ入ってきて、軒下で寝ようとしなかった。奥吉野の猟師は、猟犬は決して、家の中で寝かせない習慣なので、若い時の経験から、あるいはオオカミがうろついているのではないかと思ったそうであるが、翌日、日出ヶ岳へ登る尾根道で、シシを獲って帰る途中、果して二人の行手を横切ったオオカミの足跡をハッキリみたというのである。私は、この話を聞いてから、本格的にオオカミの探索を始めたわけだが、西浦さんが足跡をみた前後に、足跡をみた人、咆哮《ほうこう》を聞いた人「オオカミ落し」のカモシカの死体をみた人が続き、翌三十一年秋には、下西荒吉さんが、一人で大台ヶ原山へ猟にゆき、焚火をして野宿していた時、目の前へきたオオカミにひしられた。それから十五年、私は大台から大峯山脈、大峯から和歌山県の日高川源流と、オオカミの移動先を追跡して、とうとう四十三年九月十一日、彼等が十津川の奥の伯母子岳《おばこだけ》から大峯山脈中部の孔雀岳へ帰ってきたところでフンを発見した。それから足跡の写真をとり、咆哮を聞き、オオカミは夫婦の他に若と生れたばかりの仔も入れて四頭になっていることを突き止めた。今度は、このてんまつを報告し、お礼をかねて西浦老人を訪ねたのである。

西浦さん夫婦は、相変らず若々しく、昔とちっとも変わらぬ家で、薪を焚いて迎えてくれた。奥さんは、私のために採り残しておいたという山ウドを採ってきてゴマ和えにしたり、ワサビの葉の一夜漬け、アマゴの煮しめなどで歓待しつつ、すぐ近くの杉林の中の岩に、コルリが巣をかけているので案内するともいった。

私は、久しぶりに俗事を離れ切って、自然の中で安眠した。そうそうたる流れの音にまじって雨垂れの音がし始めた。予想通りの雨であったが、明日一日、炉端で酒をのもうと考えながら深い眠りに落ちた。

早朝、小雨の中で、キョロロロ――、キョロロロ――と、しきりにアカショウビンが鳴いている声を聞いて目が覚めた。アカショウビンは、小学生時代に、飛騨の古川の実家で、池へきたのをみただけなので懐しかった。黄金色と赤紫に輝く羽毛で全身を包み、カワセミ特有の大きな嘴も足も真赤であったことが印象に残っているので、ぜひ姿をみたかったが、軒下へ出てみても、どこで鳴いているのか分らなかった。アカショウビンは「水恋鳥」といわれるように、雨の日は、よく鳴くのであるが、雨の波紋で、小魚を捕えるのが容易なのかも知れないと思った。それは雨垂れの音で、シカの耳がうとくなる日に忍び射ちをやるようなものであろうか。晴天の日に、底まで透き通った淵で魚を捕えることは難しいので、アカショウビンは、雨の日は嬉しくなるのかも知れないと思ったりした。

奥さんが、酒の肴がないからアブラハヤを漁ってきてくれと西浦老人にいった。すると彼は、ガラス製のエリに、サナギ粉を入れ、傘もささずに家の前の丸木橋の下へ沈めにいった。一時間ほどして揚げてくると、エリの中には十センチほどのアブラハヤが黒々と入っていたが、その大部分は子もちで、腹を裂くと卵が入っていた。それを白焼きにして、お茶で、サンショの葉を入れて、うす味に煮てもらったらアマゴと大差ない珍味であった。私は「何も苦労してアマゴを釣る必要がないじゃないか」といいながら朝酒を飲んだが、西浦老人は、アマゴを何十尾釣ろうが、自分は全然食べる気がしないので、どちらがおいしいか分らないといって苦笑していた。

三日目の朝は、よく晴れた。「あんたがみえるとお天気じゃ、さア今日は釣りや」と西浦老人がいった。私の頭が禿げているので、テルテル坊主だというのである。しかし実際に、三之公へきて雨に降られたのは始めてである。

私たちは、家の前の流れでセムシ(ヒラタムシ)を採り、奥へ奥へとアマゴを釣って歩いた。アマゴ釣りなど、酒肴になる程度釣れれば結構なんだが、この日は、ふとある実験を思い立った。

アマゴはセムシでなければ食わないのか、また深い淀みの淵でなければ釣れないのかどうか——こういう疑問を解くために、水深四—五センチの岸や、川幅一ぱいにシャラシャラ流れているゆるやかな瀬をセムシ以外のゴムシ、ピンピン虫などで、丹念に釣ってみることにした。

アマゴはヤマメとよく似ているが、中部以西では、日本海へ流れる川はヤマメ、太平洋側はアマゴということになっている。ヤマメはサクラマスの陸封型で、アマゴはビワマスの陸封型といわれるが、姿はよく似ている。しかしアマゴには小判形の大きな斑点のほかに朱赤の小さな「星」があって美しい。性質は両方とも冷水好きのイワナと違っていて、水温二十—二十五度を好む。

私たちは、岸から四—五メートル離れて、せいぜいスネから下くらいの浅瀬を釣ってみたが、長さ二十センチくらいのいい形のアマゴがよくかかった。餌は軟かい、小さなセムシを二つ刺し、水面へ落とせば足を動かすように上手に保存したものが、やはり一番よくかかったが、小さな赤いピンピンやゴムシなどの生きのよいものでもかかった。とくに五月下旬で、水温が二十二度を割るような上流では、ゴムシの生きのよい大形のものの方が、よく釣れた。それは水が冷たいとセムシが繁殖していないので、アマゴはなんでもよく食べて、秋からのサビを落とさねばならないから、手当り次第にミミズ、ピンピン、ケラの幼虫などまで追っかけているように思えた。

淵の上部のガブガブでもよく釣れたが、二人で五十尾釣ったうちの三分の二までは浅瀬であったことを思うと、やはりアマゴは、朝から浅瀬へ出て餌を漁っているのが普通で、深い淀みに隠れるのは、何かに追われて危険を感じた時か、夜、浮寝している時である。夜は淵尻の流れの淀んでいる所に、ヒョロリ、ヒョロリと浮いていて、カワネズミやカワウソがきたら、一気に下流へ飛び逃げるらしい。

西浦さんは、昼食のとき、面白い野外料理を作ってくれた。この三之公川は、八幡平から上流には、クマやシカやカモシカはいるが、人間は一匹もいない。だから本流の水でも清潔で、どこででも水が飲めるし、川原にも、人間の落としたビニール製品や空かんなどは落ちていない。彼は、イタドリの若芽を伸ばしている川原の一角に、直径七―八センチの小石を十個ほど集めて、その上に河落木《こうらぎ》を集めて火を焚いた。彼の背袋から出した弁当はメンツ(曲げ物で作った弁当箱)に入っており、その蓋は、三合くらいの水が入るほどフチを深く作ってあるので、それで川水を汲んできた。そこへアマゴの臓物を取り除いたものを四尾、石の上で焼きながら細い河落木でハシを作った。そこで焚火の中の焼石を掘り出すと、流れへ一寸ひたして灰を落としてからメンツの蓋の水の中へ入れる。焼石を五つも入れると、メンツの水は熱湯になる。そこへ魚を入れた。七つ八つ目の石を入れると、湯は煮え返って、コトコト音を出すくらいにたぎったが、たぎった最高潮の時ビニール袋に入れてきたサンショ味噌《みそ》を放り込んだ。

私たちは、そのアマゴの「石汁」をすすりながら弁当を食べた。アマゴの滋味、サンショのさわやかな匂い、まさに五月の珍味である。川原の背後の斜面は、三年前に植林した草地であるが、時々シカが草を食べにくるとか。しかし、いまは山の獣たちが眠っている午さがりである。カワガラスが忙しそうに、ビーッ、ビーッと鳴いて、石から石を飛び歩いているほかは、すべてのものが休息しているような静かさである。アマゴの石汁で満腹した私たちは、小石の上に横になった。シマヘビのかなり大きいのが、草むらと川原の境目をノロノロ這って、瑞々しくむらがっている山ブキの中へ消えた。それをみていた西浦老人は、問わず語りにヘビの話を始めた。

――山の伐採地で、植林した翌年下刈りをやっていた。一緒に草を刈っていた入之波の爺さんが、大仰な声をあげて逃げたので、何事が起こったかと近づいてみると、伐り残したカシの古木の根元に、太い青大将がノロノロしていた。何を呑んだのか、首の辺りの太いところは直径が十数センチもあるので、捕えて首を切ってみたらバンドリ（ムササビ）が飛び出した。餌物が大きいので、自由に動けずに、木から落ちたことが分かった。カシの古木に空洞があったので、その穴で寝ていたバンドリを呑んだのだが、ちょうど爺さんが、その下まで草を刈っていって、木の枝に障ったので落ちてきたものであった。

また若い時、入之波部落の小学校の下で、アユの友釣りをやっていた時、アユがかかったので、流れの真中から水際まで曳いてきて、さて網で掬おうと腰へ手をやった時、どこから出てきたか、青大将が、まだ水の中でチャブ、チャブやっている種アユに巻きついたことがある。ヘビが魚を狙うことはほんとだ。大台ヶ原山の西谷へ猟にいった時、滝の下の大きな淵のそばを通ったら、水が白泡を作って落ちている、その泡の上へ、大きなカラスヘビが、頭を浮かせて、淵の上をのぞいている木から垂れ下っていた。ヘビは尻尾を水中へ垂れてアマゴを釣るという人もいるが、その時見たのは、尻尾を木に巻きつけて、頭を水上に浮かせていた。そのヘビは、直径が五―六センチもあった――。

西浦老人は「直径七―八センチのヘビやったら、この三之公では珍しくないぜ」といって立ち上った。私たちは再び釣り歩いて「山の神」という一本杉の大木が立っている河原まで遡った。そこで、川の中の石をめくってみたが、アマゴの好きなセムシは、まだ小さかった。それで西浦老人は、もう餌もないし、帰ろうといったが、私は彼を川原に待たせてもう一カ所釣ってみるといった。私の餌箱にもセムシは無くなっていたので、大きなゴムシを刺して、淵へ近づいた。この淵は長さ二十メートル幅八メートルほどあったが、真中の一番深い所へ、川原から大岩がのぞいていたので、私は、その岩の背後を忍び足で上流へ出た。そして、上の浅瀬の水が、急流となって流れ込んでいる瀬へ、ポンと振り込んだ。そのゴムシが、大岩の近くまで流れてきたとき竿を上げたら、重くて、なかなか上らない。水底をみると、銀色の大物がピカピカ光って暴れている。してやったりと徐々に岸へ寄せて、ようやく水を切った。しかし、その二十五センチもある大物は、ヒレが朱赤で、腹も黄色っぽいので、アカムシの大形のものかとおもったら、まさにパーマークをくっきりつけた痩せたアマゴであった。

私たちは、三之公川が北股川と合流する所から、約七キロほど奥まできたのだが、その辺りから上流は、水が冷たくて、去年のフケ時にサビて赤くなった魚が、まだサビを落としていないことが分った。アマゴは、やはり銀色で、小判形の肥えたのがうまいので、これ以上釣り上っても無駄と思われた。山すその帰り道には、まだシャクナゲが咲いていたので、上流では六月に入らねば、アマゴも肥えてこないのではないかと思った。

八幡平へ帰って、囲炉裏端で白焼きにしたが、魚が大きくて数が多いので、二回で焼いた。このごろ田舎で醸造された酒は、二級酒でも灘の銘酒の一級酒よりうまいが、アマゴをむしりながら酌む地酒は、こんな酒があったかと思うほどうまかった。

翌日も、よく晴れていた。顔を洗いに川へ出ると、川霧の中からアカショウビンが飛んできて、川の上を渡してある自家発電の電線へ止まった。真赤な上衣に、黄金のスカートをはき、赤い嘴を突き出した大形のこの鳥が、電線の上からじっと川原の細流をみている。

小魚の動きを狙っているのだが、間もなくパラパラと川原へ降りたかと思ったら、私の立っている対岸の杉林へ飛んでいった。派手な姿の彼女は明るい所が嫌いなので、小魚をくわえると、暗い林へ身を隠して、ゆっくり賞味しようというのであろう。

私は四―五年ぶりにみた姿であったが、子供のとき見たよりも一まわり大きいような気がした。アカショウビンの血をアリにふりかけると、アリはすぐ死ぬそうであるが、そのことから、この鳥を食べると肺病が癒《なお》るといわれている。妖えんな姿から想像された伝説かも知れない。朝食後、私と西浦老人は、二人だけの秘密の谷へ、マンジュウゴケとイワザクラを採りにいった。マンジュウゴケというのは、断崖のツルツルの岩に生えている文字通りマンジュウ形のビロードのように美しいコケであるが、まだ植物学者は知らないので、名前は私たちがつけたものである。ツルツルの岩壁ではあるが、上から湧き水が少量流れ落ち、すぐ近くの高さ五十メートルほどの滝の飛沫も時々かかる個所でなければ生えないので、台高山脈でも、二カ所しか発見されていない。このマンジュウゴケの下部、土のある所に、サクラ草科の高山植物イワザクラが咲く。私はイワザクラの一株を採り、マンジュウゴケが、冬の凍結で落ちたのを十個ほど拾った。マンジュウゴケの上にイワザクラを植えると、水分が絶えないので、よく育つのである。イワザクラは、早春、モモ色の可憐な花をつけ、マンジュウゴケは、五月に濃緑になる。その濃緑は夏秋冬と褐色、黄色、緑白色などに色なおしをするが、その変化がまた面白い。

マンジュウゴケとイワザクラの岩壁の隣は横四十メートル、縦三十メートルほどの、これはコケの少しついた岩壁であるが、雨の日か、滝の飛沫のかかるとき以外は乾燥しているので、それにはイワタケが沢山ついている。縄梯子を持ってゆかねば採れないので、私たちは岩壁の下周りへ落ちたのを一袋ほど拾ってきた。仙人の食べる不老長寿の珍菌といわれるが、私は豆腐汁、吸物、雑煮の子に使っている。水につけると、表面は黒いザラザラのサメ肌であるが裏面の白い皮が緑色になる。その緑色の部分は隠花植物で、黒いザラザラの部分がキノコである。菌と植物が共生しているので、緑色の部分を剝ぎ取って保存しておけば、何年でも腐らない。

帰途、スカンポンやワサビの葉などを沢山採って山を降っていたら、杉の植林地近くで、大きな山ウサギが罠にかかっていた。それを谷川の流に漬けて毛皮を剝ぎ、充血した血を、よく洗い流して持ち帰った。

八幡平へ帰ってから、ウサギの肉を、もう一度流れにつけておいて、私は近くの杉林へコルリの巣籠りを写真に撮りにいった。西浦さんの家から二百メートルほどしか離れていない山道ぎわの岩壁で、コケむした小さな窪みに、黄褐色の雌鳥が卵を暖めていた。ルリの雄は、背中が黒の縁取りのあるルリ色で、胸は白色であるが、雌は、やはり、このような岩壁のコケの中で卵を暖めたり、ヒナに餌を運んだりしなければならないので、ルリ色の羽は、尻尾の真中に何枚かつけているだけである。

西浦の奥さんが、あそこだと教えてくれたので、私は写真機を顔にあてて、徐々に近づいた。一歩一歩距離計を変えて近づくと、黄褐色の平たい頭から、鋭い嘴が突き出し、その両側に、黒く光る円い目がカメラを見すえていた。その表情は「一体何ものであるか。飛び逃げるべきか、じっと伏せたままでいるべきか……」と思い迷いつつ、真剣に睨んでいる風にみえた。私は七十センチほどの距離でシャッターを押した。瞬間にフラッシュが燃えたので、彼女は驚いて飛び立った。そのあとで、巣の中の五個の卵も写真にとって、近くの山へエンレイ草を採取にいった。帰りに寄ってみると、雌鳥はふたたび卵を暖ために帰っていたが、雄鳥はみえなかった。

巣は八十年生の杉林の中で、杣道から一メートル半ほどの高さの岩壁の中間である。巣の上部はカシやリョウブの若木がクマザサをまじえた藪を作っていたが、人間が、巣に息をかけたり、周辺に手の匂いをつけるとヘビにみつかるといわれるので、私は慎重に写真を撮った。

その翌朝、いよいよ帰阪すべく出発した。その折、もう一度、彼女の飛び出す姿を写真に撮ろうと思って、カメラを構えて、そろそろと巣に近づいたら、穴の出口に、黄褐色の小さい羽毛が三枚付着していた。不吉なものを感じて巣をのぞくと、親鳥の姿もなく、卵もなかった。

ヘビにやられたか、私が写真など撮ったのが悪かったかと、心を責められたが、途中で、材木流しに出ていた西浦老人と出会って話したら、彼が材木流しに出た早朝、すでに羽毛が落ちていたので、恐らく夜のうちの出来ごとであろう。ヘビではなくフクロウに発見されたものに違いないといった。私の責任は一応ないようなものの、あのシャッターを押す時の、彼女の黒い瞳が思い出されて、入之波部落でバスに乗ってからでも心が痛んだ。

三之公の奥の原始林には、夕方から夜を通して、チーンン、チーン、チーンと淋しく鳴く小鳥がいるそうである。飛ぶ姿をみたところでは、ツムギより少し小さい小鳥であるが、どんな羽根色なのか分らない。上北山村の方では、この鳥が啼《な》く所にはオオカミがおると昔からいわれている。鳥の正体は分らないが「チウチウ鳥」とか「正午鳥」とか呼ばれており、天狗谷の暗い密林では昼でも鳴くという。

またツブチン、ツブチンと夜っぴて鳴く小鳥もいるが、なんという鳥か分らないという。私も大峯山脈の前鬼で、夜から未明まで鳴き通した、この小鳥の声を聞いたが、深山で聞くとうら哀しくなる響をもっている。夜明けぎわ飛ぶのをみてエゾセンニュウではないかと思ったが、しかと分らなかった。

この二つの夜鳴き鳥はナゾである。いつかは正体を見極めたいと思っているが、鉄砲の使える冬は渡ってしまうからどうにもならない。

斐太猪之介（ひだ・いのすけ）一九一一年生まれ。一九七九年没。作家。

塩川鉱泉

上田哲農

大きな山にも小さな山にも麓《ふもと》はある。

でも、大きな山の山麓と小さな山のそれとでは、どこかに違いがある。そこにすむ人の人情はどちらも素朴であったとしても、小さな山の山麓のほうに、人間はしょせん人間であったという哀しみがこまかな綾をつくりなして、深い陰影を刻みこんでいるかのようにおもわれる。

ぼくはその小さな山を登るために三度もでかけた。だから、三度目にのぼった、なんていうと、人は、山は小さくても、そこへいくアプローチがバカ長いのか、それでなければ藪がひどいのかと想像するかもしれない。けれどもそうではない。はじめの二回は雨に降りこめられて引きかえしたにすぎない。

山の名前は、仏果山《ぶっかざん》・経《きょう》ヶ岳《たけ》、東京からすぐそこにある山なのだ。

なんで、そんなところへ行ったかというと、第一に心をひかれたのは、変わったその山名である。これは中学生の頃だったから、かれこれ、もう四十年にもなるむかしのことだった。

仏果山・経ヶ岳、そしてそれを中心として付近には半僧坊だとか、華厳山だとか、なんとも仏典くさい地名が多い。

日ごろ、神にも仏にも背をむけている生活からくる虚しさが、そんな名称への郷愁となったのかともいえるけれど、ほんとうは釈迦が大雪山で修行をしたという伝説だけでヒマラヤをおもい、そこからわが夢をつくりだす癖から生まれたものだといったら正直になる。

ところで、ほんとうに出かけたのは、比較的最近の数年前のことに属する。でも、出鼻を雨にたたかれたことからこの塩川鉱泉になじむこととなったのだった。

はじめてのときのことだった。

あんまり賑やかすぎて、ザックを肩にしていることさえ気のひける厚木の駅前から半原《はんばら》行きのバスにゆられて馬渡《まわたり》で降りた。折しも春の永い日もそろそろ暮れかかろうとする頃で、どこへ今宵の宿をとろうかと思案をしていると、バス停留所から十五、六分のところにあって、しかも、人々から全く忘れはてられた鉱泉のあることをおしえられていったのが、この塩川の湯だった。

正確にいえば、神奈川県愛甲郡愛川町半原九四四塩川鉱泉。

ここは、五万分の一の地図にものっていない。

まあ、順をおってかくことにしよう。

ここには鉱泉宿が二軒あった。白竜閣とすごい名前をつけた上の家では人はいたけれど営業はしていなかったので、とっつきの家へとまった。でも、人のいるのはこの二軒だけではなく、この宿のすぐ下、塩川の谷とすれすれのところで、小舎というより庵《いおり》をむすんで、お習字の先生だという老婆がひとり、ひっそりとすんでいた。つまりこの三軒で小さな部落を形づくっていた。

鉱泉から五分ほどくだったところでは近代的なロッジが建ちかかっていたが、その入口から道はとたんに細くなって塩川が大きく左へ回りこもうとするまがり角で、この三つの建物は背をよせあっていた。

鉱泉からの展望は三方を山のかつ葉樹林に囲まれ、一方だけがわずかにひらけて明るい空もみえるけれども、東京から二時間近くでこられる近郊とはどうしても受けとれない山奥のおく深い気分につつまれていた。

鉱泉から塩川を数分のぼったところに「不動の滝」というのがあって、それからみると鉱泉もむかしはそこへこもった行者のためにたてられたものであったのかとも考えられた。

不動といえば、ここの経営も、それこそ、「不動明王」をほうふつさせるに足る筋肉にめぐまれた恰幅《かっぷく》のいい爺さまと、つれあいのこれはまた品のいい婆さまとでなされていた。

電灯はあるが、電話はない。

いつ訪れるともわからない客を、湯だけは常時わかしながら待っているといった、およそ時代ばなれのした宿だった。

がっしりと構えた大広間をはさみ、わずかばかりの小部屋を用意して、その部屋には短ざくにかかれた俳句のつもりらしい十七文字がべたべた張りつけられていたところをみると、たまに句会などが利用をしているらしい。

老夫婦のほかに女中がひとり、これはいわくありげな人だった。ひらたくいえば、場末の飲み屋を転々とし、すっかり泥水にしみこんだといった風情であった。

そのときは、夜半から雨となった。

翌日も午前中は雨をきいて、午後まだ明るいうちに家へもどってしまった。

こんなふうに東京から至近距離にあって、しかも、地図にもなければ、近くへいっても案内の立札ひとつない、そのうえ遠い山国の鉱泉宿にも似た付近の風景が頭にこびりつき、この訪問も現実の出来事ではなかったのではあるまいか――そんな気持すらのこった。

この気持は翌年の五月に再び足をむけさせることとなった。

塩川をかこむ木々の緑は前回より濃かったことをおもうと一回目のときは、たぶん四月だったのだろう。中津川添いの道は釣竿をかついだ人で賑わっていた。鉱泉入口のロッジはもう完成をして夏の客を迎えいれる用意に活気づいていたが、塩川の湯は依然として、緑のしたでひっそりと静まりかえっていた。なにもかわったことはなかった。

いや、いや、女中さんだけはかわっていた。

こんどの人は前の人よりずっと年もふけて五十近く、でも共通していたのは、その容姿に、やはり、前の人と同じような過去の乱れを感じさせたことである。

ぼくはかってに想像をした。

みるからに崩れた商売をもった過去、——まじめにとはいえないまでも、せめて人間になりたいと願った、その願いをしった老夫婦が「家へこい」といったのではあるまいか、見事ではあったがおろかなふたりの行為、女中さんのおろかではあるが、ゆるされてもいい行為、——たぶん、そんなところだろう、いや、そうに違いないと無理に決めこんで、こんども、またもや降りはじめた雨を旅のさかなにした。そして、翌日はどしゃ降りのなかをバス旅行としゃれこんで相模湖をまわって帰宅をした。

三度目は、二度目にひきつづき一月あとだった。

季節は梅雨前線の支配下にすっぽりと入っていたのに、皮肉にもこんどはまことにいいお天気だった。

なんとなく気にしていた鉱泉の女中さんはもういなくて、老夫婦だけでやっていた。気のせいか、婆さまの手伝いをして水をくむ爺さまの背中にどこか元気がうすれているように思えた。

翌日は宿願の仏果山から半原越え、経ヶ岳をこえ半僧坊へくだった。

休日だったにもかかわらず、山はしずかで、ごくわずかの人、それもこの近所の住人らしい素朴な若者たちとすれちがっただけだった。

この日から、二週間後、ぼくは外国の山へのぼるために横浜の港をたった。

妙なことに、日本の山とは似ても似つかぬ異国の山にあって、仏果山や経ヶ岳や、それからこの塩川鉱泉をおもいだした。

半原越えにかかるすすき原のおだやかな波を、荒々しい氷河のビバークの夜、目の前に浮かべたりした。

帰国した秋だった。

若いころの山仲間を案内して、またも、鉱泉を訪れた。

鉱泉には老夫婦の影もなく、経営も別の若い人にかわっていた。

きけば、あの不動さまに似た爺さまは胃癌になり、老夫婦は揃って故郷の新潟へかえっていったとか、ぼくは、ふっと、三度目の日のとき、爺さまの背中がやせてみえた、あのことをおもいだした。

とすると、あの老夫婦は新潟の人だったことになる。そんなに遠い他国のふたりが、なんで選りに選ってこんなところへ住みつき鉱泉宿をまもっていたのだろうか。ぼくは女中さんのことばかり気にしすぎたようだ。それよりこの老夫婦のほうにこそ、もっと、運命の数奇なたわむれがあったように思われはじめた。

それにくわえて、お習字の先生の庵もみえなかった。秋の台風で流されたとかで、そこはむなしく空地となって土台だけが弱い日射しのなかで白かった。

この人だって、たったひとりの庵ぐらし、ここにも、たしかに余人の考えおよばぬ深い事情があったに相違なかったのである。

さて、最後の五度目は、去年のくれに忘年山行としていった。

鉱泉のたてものは依然としてはじめてのときとかわらず老いさらばえた姿をさらしていたが、さすがに電話だけははいっていた。

老夫婦のその後の消息はわからなかったが、忘年会の酒のすぎた脳裡には、もう越後は雪のはずだ、うすねずみ色をこめた空の下、はるかな地平へつづく雪道を消えていくふたつの影が浮かんでは消え、消えては浮かんだ。

滝を見物にいったかえりに、上の家ではじめてのときから飼っていた犬をみた。鎖につながれ、すっかりやせこけて、これはあきらかに病気、それも余命いくばくもないと察せられた。彼はこちらをみて、すっかり逆だった毛をぶるぶるとふるわせて、しきりと吠えたてた。

それはあたかも、ぼくと塩川鉱泉との交流に、ひとつのくぎりが来たことを自覚させようとつとめるかのような吠え方だった。

上田哲農（うえだ・てつの）一九一一年生まれ。一九七〇年没。画家。

山村かたぎ

真壁　仁

婆さんの声がカセットのテープから流れてくる。「むがすは夏になっど、お行者《ぎょうしゃ》さまがぞろぞろ、列をつくて通ったもんだけ」とりまいている六年生の子どもたちが五、六人。そのへんで一人が回転をとめる。一人の子が原稿紙に婆さんの話をうつしとっていく。テープがまた動き出す。「おらだ、橋のどこさ待ってで、行者さま来《く》っど、パッとときものば橋さ、ぶ投げで、河さとびごむのよ。はだがで。ほうしてざぶざぶ水浴びて、だいごうり、だいごうりと言《ゆ》てあがて来《く》んの。ほうすっど行者さまが五厘銭《ごりんせん》か一銭玉呉《く》れる。ほいずで飴買ってなめだもんだけ」

子どもらは「だいごうり」ということばをどんな漢字にするのか相談する。結局、あとで先生から教わることにして仮名で書きとっていく。代垢離《だいごり》の意味であることは、婆さんを訪ねていったときの話で知っている。つまり、行者さんに代って水垢離をとり、身を浄める代理行為なのである。

大井沢という朝日山麓の村の小学校でのことである。昔、湯殿山参りの行者でにぎわった宿場で、真言宗日月寺という大きい寺があり、湯殿山の七つの口の一つの別当寺であった。門前には行者を泊める宿場が二十いくつも並んでいたという。

この学校は、徹底した自然教育をやっているので知られている。子どもたちが採集した昆虫や鳥、それから草や木、父兄が寄付してくれた熊やかもしかや狐や狸、さらに民具農具などで自然博物館ができており、校長が館長を兼ねている。子どもたちは鳥の声をきいただけで、あれは何鳥かすぐわかる。越冬の蛇や虫が土から出るときの気温や地温も測ってしらべているし、山菜とりや茸とりも得意中の得意である。

中学校も併設されていて、生徒ぜんたいが自然観察班をつくり、植物班、動物班にわかれている。最近郷土班というのをつくって三つの班になった。私が見せてもらったのは、その郷土班の自主学習というべき時間だった。先生はいない。クラスが五つぐらいのグループにわかれて、古老の話の聞きとりを文章におこしている。

雪さえ深くなければ、自然に恵まれた村であることを、子どもたちもじゅうぶんに知って育つ。ことに二十年ちかい自然教育が子どもを山に親しむ人間に育てている。それなのに豪雪の冬になると交通はとだえ、雪中の孤島となってしまう。急病人や急用ができたときなどはまったく困ってしまう。だから出かせぎという口実で若いものは冬を都会でくらす。一家をあげて職を求め離村するものもぽつぽつ出てきている。

里では桜の花が終ろうとしているのに、ここでは残雪の中からのぞいている辛夷《こぶし》がようやくかたい蕾をひらこうとしていた。村の東を流れる寒河江《さがえ》川の畔りには、柳の枝々がうっすらとあわいみどりを深めはじめたばかりで、春はじつにゆっくりとやってくるのである。

先に聞いたテープの声の主なるお婆ちゃんたちが、恥かし気もなく素っ裸になって寒河江川にとびこみ代垢離をとった時代の方が、この村はずっと賑やかな山中の宿場であったろう。湯殿山はここから志津へ出て、月山の南の深い谷を降ったところにある霊場である。神体は、湯を噴く大きな岩神で、ほかには社殿も何もない。祭神の本地は大日如来とされているが、参拝する岩神はさながらに女体《にょたい》の半身で、しかも滑らかな岩肌の太股とおぼしき中ほどには、ふかくえぐったような陰《ほと》がある。その女体の肌が絶えず熱い湯に濡れている。芭蕉はここで「語られぬ湯殿に濡らす袂かな」という句をつくったが、不言不聞のおきてと、女人の近づくのを禁制としたのは、あの形象のゆゆしさにあったのかもしれない。

この岩神の湯の流れている下手《しもて》には笹小屋があって、一世行人《いっせいぎょうにん》たちが一千日、二千日と木食行《もくじきぎょう》を行ない、生きながら土中《どちゅう》に入定《にゅうじょう》して即身仏となることが明治まで行なわれた。そのミイラが麓の寺々にのこっている。

湯殿の神を信仰する行者は、山形県だけでなく、岩代《いわしろ》、磐城《いわき》、そして関東にまでひろく講をつくり、集団でお参りに来た。信者は東北の北部にも及んでいる。その行者があるいた山の道はまた、マタギが通り、木地師もかよった道でもあった。それは、大井沢から見れば、峠をいくつか越して左沢《あてらざわ》という最上川の川港に出、この河のみなもとなる飯豊《いいで》山塊の肩を越え、会津から日光街道に出て、北関東から信州へ、そして加賀、近江へとつながる道であった。いまのように自家用車などのない時代の大井沢の若い山男たちは、足達者がずいぶんといて、夜、真暗な七里の山道を左沢の遊廓に通い、その夜のうちにとってかえして、朝草刈をしておったものだとつたえられている。

ぼくがこの村を訪ねたのは、営林署が朝日岳の連峰のブナをめったやたらに伐っているということを、朝日連峰のブナを守る会の人たちから聞き、その現地調査をやるためであった。ぼくはその下見のため、雪がすっかり消えるのを待ちかねて、ともかく行けるところまで行こうと出かけたのであった。守る会の会長は病気で街の病院に入院中であったが、会の役員で自然博物館の事務局長でもあるSさんが山に案内してくれた。日暮小屋という避難小屋のあるところは、朝日岳への登山口でもあったが、そこから分かれた林道は、まったくブナ材を運び出すためにつくられた新道で、それがいちばんみごとなブナ林の中まで通されて行きどまりになっている。途中、無残に切りとられて裸になった山をいくつか見て、たとえ国有林であろうと、原生のブナの美林を勝手に林野庁に伐らせておいてよいものかと、怒りがむらむらとこみあげてくるのを覚えた。Sさんの話だと、ブナがこの位の大木となって森を形づくるのには三百年はかかるといった。

世論の反対がつよいため、営林署は伐採の面積を減らすとか、皆伐でなく択伐の方式をとるとかいっているというが、尾根に一列のこして両側を裸にしているのなどは皆伐と同じである。道の行きどまりまで辛うじて車を乗りつけたが、この地点だけは何とかして伐採から守りたいと考えている村民の声をSさんは伝えてくれた。五月になって明るい若葉をひらくブナ林の燃えるような緑の塊はみごとなものだとも。それを見るのは、じつはぼくにも山に行くたのしみの一つとなっている。

Sさんのお父さんは合併前の村の村長さんだった。姉さんは東京の女子医大を出て女医さんになった。その姉さんを父親が村に呼び戻した。「この村はお前も知ってるように雪の多いことで知られている辺地だ。こんなところに来てくれる医者はいない。いわば無医村なのだ。おまえがここで、村の人のいのちと健康をまもっていってくれ。たのむ」そういわれてSさんの姉さんは村へ帰ってきた。そして保健所を病院がわりにし、毎日むらからむらへ歩きまわった。そのかたわら医療活動の歌をノートに書きこんでいった。献身ともいえそうな活動をつづけて独身を通したこの女医さんも今はこの世にいない。弟であるSさんは、山をまもり、木々のいのちと健康をまもる仕事に情熱をもやしている。しかもこれは頑強な体制とのたたかいでもある。

村の宿に泊まったら、夕飯のときナメコの味噌汁が出た。別にめずらしくもないが、それを盛った塗り椀があんまり立派なのでおどろいた。お給仕をしてくれた宿のかあちゃんは四十代だろうか。ぼくは冗談めかしていってみた。「このお椀どこでできたものなの。こんなので毎日味噌汁食べていたら、ぼくも五年は長生きできるだろうなあ」

椀は大型だけれど薄手で、内も外も黒い漆塗りである。椀のふちだけが褐色の線で染め抜いている。金などともちがって、その落ちついた褐色の線が黒を隈どって美しい。大井沢の木地師のつくった椀だけれど、漆師が村にいないので、秋田から職人を呼んで漆を塗ってもらったのだという。四十個同じ椀がそろっている。おじいちゃんがとても大事にしている。けれど道具だから使った方がよいといっている。五年も長生きしてもらえるなら一つあげるよ、とかあちゃんはいった。そして翌朝おじいちゃんに知られないように紙に包んで、ぼくのケースの中につっこんでくれた。

かあちゃんはぼくらの素性を見抜いて、物置き小屋を見てくれという。この旅館ももとは何々坊とよばれた宿坊だったらしい。あるじは行人であった。それで村を出て自分の縄張りの霞（信者の住む町や村）をまわってお護符をまわし、金品の寄進をうけていた。そういうときに持ちあるいた笈《おい》や、お札を入れる小さな柳行李があった。柳行李二つには古文書が乱雑に積まれている。同行の歴史学者であるH君は手早くそれを選り分け、大切と思われるものを一包みにして、お椀以上に大事に保存してくれと頼んでいた。

じいちゃんは、村にたった一人のこっている木地師の家に連れていってくれた。もう七十五歳とかで、いまはロクロを廻していないという。床の上に、自分がつくった木地物が少し並んでいた。その中には鳴り独楽《ごま》やこけしのような玩具もあった。木地師の爺さんは裏の小屋の二階に案内して、そこで埃をかぶっているロクロの前に坐り、銹びかかった大ノミで木をくり抜いてみせた。売れさえすればおもしろい仕事だったといった。けれども息子たちはこんなろくでもない仕事をしようとしない。「変ったもんであんすなあ」と爺さんは笑った。

母屋で、木地師の家のお嫁さんであるかあちゃんが、山蕗の煮つけを山ほどどんぶりに盛ってお茶を入れてくれた。おいしかったので、おいしいといったら、自家製だといって山蕗のうま煮の缶詰をお土産に包んでくれた。気のいい人たちがどの家にもいるのだと思った。木地師は一所不住の山の民だから、血のみなもとはどこかよその国にあるのかもしれない。ここでは熊うちをマタギといわず、狩人といっている。狩人も渡りが多かったはずである。ここにそれらの人々が安住したのはいつのことだろうか。古い歴史のたくさんのこっているこの村を、私はこれからしげしげ訪ねたいと思っている。

真壁仁（まかべ・じん）一九〇七年生まれ。一九八四年没。詩人。

Ⅱ章

へらだし

宇都宮貞子

飯綱山《いいづなやま》の高みに散らばる古い村々を綴《つづ》って行く北国脇街道は、坂中峠に出ると妙高、黒姫が見えて来る。峠下の坂中部落のお堂の壁に「五月八日種まき休み」と貼紙してあったが、その〝およう〟の飯綱山は灰褐色の肌が剝き出しで、本峯の頂上下に丸っこいくの字の残雪が目立つ。霊仙寺《れいせんじ》山の東尾根の北面にもあるが、これは北へ進むにつれてはっきりと大きくなって、Hの右の線を上に伸ばして、ヒラリと翻したように見えた。

峠ではコナシのまっかな莟《つぼみ》や、リョウブの萌黄色の嫩葉《わかば》や、シデザクラの二つ折りの白い葉や、エンジュの銀鼠《ぎんねず》に固まった芽などを見た。そして林が切れると、黒姫の右稜の一部をなぞって、チラッと白い線が見えた。それが、バスの下る一進みごとにどんどん太くなる。アレアレと見ているうちに、小さい三角形になった。頭の丸い広い三角で、その右稜は黒姫の稜線と全く平行だ。左稜は右稜の半分しか出ない。よくよく真白で、そこの空は濃藍だし、黒い黒姫に隣るから、いよいよ際立っていた。

このあと暫くは霊仙寺山腹の丘がいくつも入り組んで高いので、黒姫も妙高《みょうこう》も頭が半身しか見えない。一キロ半ほども北へ進んで、その白い山がまた顔を出した時は、峡《かい》の真中に全形がチョコンと載っていた。霊仙寺山は大沢や屏風《びょうぶ》沢などの深いえぐれはあるが、全体として丸くふっくりしている。黒姫は肩を怒らしていて、将棋の駒の尖りを丸めた形だ。峯近くに数本の雪縞を残している。妙高はこれらの二山に較べ、高山らしい凄さと気品がある。心《しん》岳（本峯）は白黒半々の斑《まだ》らで、左よりにキッと頂上を尖らす。心岳から一段下った外輪山、三田原山のゴツゴツした峯は塗ったように白く、左半には紺の線が何本も通る。その左稜が実に美しい。少し撓《たわ》みながらスーッと引いて、底に白無垢の小さな鈍角三角形を置いているのである。

　高山部落の手前でまた白い山が見えたが、さっきとは形が違って、丸めに平たい。三田原の稜線がゆったりと伸びて、黒姫の急に落ちこんだ裾と合うところに、小さな白扇を載せている。高山でバスを下り、カモガヤが疎く貼りつくアラシ（荒蕪地《こうぶち》）に立ってスケッチしていると、その小さな山の真白な面が、左手からスーと灰色になり初め、忽ち全部翳ってしまった。山の上に薄グレイの雲の小片が三つ四つ浮いていた。それから知り合いのおばあさんの家へ行き、その白い小さな山のことを話した。

「そりゃヘラダシ山でごわすこて。〝ヘラダシ山は低いが高いんだ〟せって、まっ先白くなって、一番あとまで白くていやすで」とおばあさんがいった。

　ヘラダシ山の名は方々で聞く。ずっと以前古間駅の先で、妙高と黒姫の鞍部がきれいに弓形にたわんだ上に、美しい残雪の山々が覗いているのを見た。少し凹んで平らな山だ。

それは七月初旬だったが、半分は白くて、三角、透かし三角、雲形定規、鍵の手などの大らかな模様が、スカッとして何ともいえず気持よかった。道傍のタモ（トロロアオイ）畑で働く中年の主婦に聞くと、

「あれはヘラダシ山っていってすに。ヘラダシ山に真先雪来て、その次妙高山へ来すに。妙高山へ三度降りゃ、里へも降りすに」と話した。

　これがヘラダシ山の名を聞いた最初で、何山かその時は分からなかった。その後中野市の娘が、同じ場所に見える山を「ベロダシ山っていってますが、ベロをベロンと半分出したようだからだなんていいます」と話したし、小布施の老人には「妙高山と黒姫山のあいさにベロダシ山が出すで」と聞いた。それから柏原のおばあさんが「黒姫山と妙高山の間にちっこく見える山は、越中の立山だってうこんだ。いつまでたっても雪のある山だに」といった。

　何年も経ってだんだんに分かって来たのだが、坂中峠の小さい白い山は火打山で、高山のヘラダシ山は火打の西に続く無名峯らしい。名があるのかも知れないが私は知らないので、勝手に火打西峯と自分で呼んでいる。杉野沢のTさんの話に、火打山と焼山の間に二つばか山あるのは、火打の続きでドーヌケという。焼へ向いた方にえれえドーヌケあるすけ、と。

　中野のベロダシ山は右手が金山、左手が天狗《てんぐ》原で、これは笹ヶ峯でも双子山のようにす

ぐ西に並んでいる山である。古間、柏原辺では、場所によって金山と天狗原二つだったり、どっちか一つだったりする。そして小布施のベロダシ山は焼山のことだった。坂中道でも、高山から二キロも北へ行かないうちに、もう同じ処へ出て来るのは焼で、それをやはりヘラダシ山と呼んでいる。〃ヘラ（舌）出し山〃というには、この辺からの焼が最もふさわしい。二山の狭い谷間から、先だけ覗く小さい舌だ。

四月中旬に野沢へ行った時はどんよりと曇った寒い日だったから、山など全然期待していなかった。ところが善光寺平を東へ進むにつれ、雪を沈めた黒木の飯綱や黒姫、白い肌をゴツゴツと岩がつき破っている妙高などが見えて来た。千曲川の村山鉄橋の上で気がつくと、妙高と黒姫の間に白い山が覗いていた。三田原のなだらかに引く稜線に沿って、火打の三角の左半分が見えるのだった。その峯の左下りに、たった一つ小さい黒斑がある。それは頭が丸くて尻こけで、何かの稚魚みたいだ。白無垢の地に、くっきり黒く印《お》されている。飯綱、黒姫みたいな暈《ぼ》けた白黒ではない。妙高や戸隠裏山でさえ、この火打とは異類の山のように見えた。びっしりの高層雲をバックにした純白の山だから、スカイラインも紛れがちだ。左に続いて西峯も八分出ており、左小鬚《こひげ》に本峯と似た黒斑が二つついている。

須坂に近づくと火打は妙高のかげに隠れて行き、代わって黒姫の後から焼の坊主頭が現われて来る。左の小鬚に黒いキノコ形がついていて愛らしい。松川を越すあたりから焼一つがゆったりと下の方までよく出て、近々した感じだ。

小布施を過ぎると焼は見えなくなり、裏金山の尖峯などの小突起が続いた後に金山、それから天狗原が出て来る。この二つは似た形の近接した山で、一つのしみもなく真白だ。同じ舞台に次々と違う役者が登場して来るので面白い。やがて中野を過ぎると近い山が舞台ごと隠してしまう。しかしたとえ出ていたとしても、天狗原の南は薬師岳、乙見《おとみ》山峠と低くなるので、もう見えはしないだろう。

きらきらと輝やいて、透《す》き徹《とお》るような秋の日に坂中道を行くと、またしてもそこにだけ雲があった。しかし柏原近い原あたりで、その雲がいくつにも割れて上がって行き、焼が出て来た。

田の畦に立ってグラスで眺めると、三田原の緩やかなヒラ一面のブナ紅葉が美しい。その赤かば地に、オオシラビソらしい黒が少し交り、笹だろうか、底にいくらか緑も透く。その上をスーッと這い上がる影はさっきの積雲のちぎれで、小さな三片となって心岳の方へ上がって行った。焼は黒白半々の斑らだ。左下りにゴツゴツと岩が角《つの》張っていて、そのいくつかはスカイラインから飛び出している。あれが杉野沢のTさんがいったローソク岩だろうか、と思った。

その焼や妙高の方から吹いて来る風が冷たい。十月初旬のことで、田は八分通り刈られ、ひつじが青々とした上をノシメトンボのつながりが飛ぶ。向うに四、五人稲刈りしている姿が見えたので、傍へ行って焼を指して聞いた。「昔っからヘラダシ山なんせってるが、火打山だせえすな。ジョウヤ（いつも）雲かぶっててロクダ（ろくに）顔見せねが、へえ何度も雪来たようだ。あれ出てりゃ天気続きすよ」と、老人がドウタバ（稲束）を拡げて押し立てながら話してくれた。

十月下旬に中野でベロダシ山を見た。薄白い金山、天狗原の鞍部に、大きな黒い魚がまっすぐぶら下がっている。稜線に届く尾はピンと三つに開き、つけ根でキュッと括れて、それからぷっくりとふくらむ。鯛みたいな丸型の魚だ。尾のきれいな裂け方から、クチナシの実も思わせる。金山谷と裏金山谷を振り分けている尾根だろうか。坂中道で見るヘラダシ山と前山は、大人と豆人形のようだが、ここからは大人と小学生ほどだ。

沓野の上では心岳の右に出た火打を見た。心岳より少し低いが、右手前の大倉山より遥かに高い。端正な純白の三角形である。左小鬢にだけ小黒点がある。心岳は薄白い、しゃくんだ顔に、白い目とくの字の鼻がついている。妙高・黒姫間の長い緩い弧は、坂中道から見慣れた、直角めいた狭間に較べてふしぎな感じがした。

妙なもので、小さな、舌の先だけみたいな見え方だと、よそ国の遥かな山が覗くようで心が誘われるが、遠退いた前山の広い鞍部にゆったりと裾まであらわに見えてしまうと、神秘がはがれてつまらない感じになってしまう。大きさの感じは比較の問題で、実際は距離が近いに拘わらず、前山があまりに巨大な上に、覗く山が山頂だけのせいで、遠い山に思えるのだろう。柏原で越中の立山だという気持もよく分かる。

人に話したら笑われるだけだが、ヘラダシ山が火打から天狗原までの山々であることが分っても、それがどこで何かを見たいために幾度無駄足を運んだことだろう。ヘラダシ山が見える日は、一年のうちでもそう多くはないらしい。

宇都宮貞子（うつのみや・さだこ）一九〇八年生まれ。一九九二年没。植物研究家。

カッパ山

西丸震哉

人に知られず、どこかにひっそりと埋もれているつつましい山、かわいらしい山、静かな山、名山でなく、高山でも低い山でもない山といわれたとき、私の頭の中にはもうたったひとつの対象ができてしまって、この山以外には考えられないといってもいいくらい、そのものズバリの山、そして他のどの山よりも深い愛着を抱いている山があった。

この山の名をカッパ山という。ただしどんな既製の地形図をさがしても、こんな山名を見出すことはできない。今まで正式に名が付けられたこともなくすぎてきて、約十年前に私がこんな妙な名を与えたのだから。

海抜一八二五メートル、決して低い山ではない。それが無雪期未登頂のままで、本州のどまんなかに数万年のむかしからチャンと存在していたのだから、バカみたいなはなしだ。

そのむかし、尾瀬《おぜ》の燧岳《ひうちだけ》が突然、檜枝岐《ひのえまた》川の中から噴き出して熔岩をあとからあとから積みあげ、上流に大堰止湖をつくり、この水がついには只見川へ流れ出すころ、この一帯の総仕上げとして噴出したのがカッパ山だ。

それまでは、尾瀬ヶ原に出てくる滝ノ沢が岩塔盆地の水を集めていた。カッパ山ができると、滝ノ沢は東へ押しやられ、西側に小湖をたたえ、やがてこの水は西へぬけ出して只見川の源流となった。

この小湖の消滅したあとがいまの岩塔盆地の中心であって、戦後まもなく尾瀬周辺のさいごの探検に、私が夢中になるときまで、太古の姿をそのまま残していてくれたのだ。

こんなすばらしい湿原盆地が残されていたのには、それなりの理由がある。土地の狩人は積雪期にはスンナリと歩くことができたのだが、無雪期は殺人的なヤブが人を寄せつけず、私がはじめて入ろうとしたとき、かれらは「この山にはふみ込めないよ」と、いとも簡単にいってのけたほどだった。

むかしの陸地測量部の測量官も、人をこの地に寄せつけない手助けをした。かれらは周囲からここの地形を図式化したが、沢だけでなく、尾根までも見まちがえて画いてしまっていた。

その結果、平ヶ岳から大白沢山西鞍部を経て尾瀬ヶ原へ下山する少数の登山者は、地図の上では岩塔盆地を通ったつもりでいても、実際は一本西側の沢を尾瀬ヶ原の西端へぬけ出てしまうことになって、岩塔盆地へ足をふみ込めなかった。

以前の地形図ではカッパ山を景鶴《けいづる》山から派出する尾根に封じ込めてしまっていて、小さいながらも独立したアスピーテ火山を無視し、人の注意を呼ばないように懸命の努力をしていたとしか考えられない。

私は幸いにして、測量官が良心の呵責を感じながら適当に画きあげた場所を、地形図の上で見付け出すことがいつとはなしにできるようになっていた。アラさがしが好きだということではなく、測量官がごまかした進入しにくい地域には、私のもっとも好きなものがあるので、こういう場所を発見すると、私はその地へいちもくさんにとびこんで行くのだ。

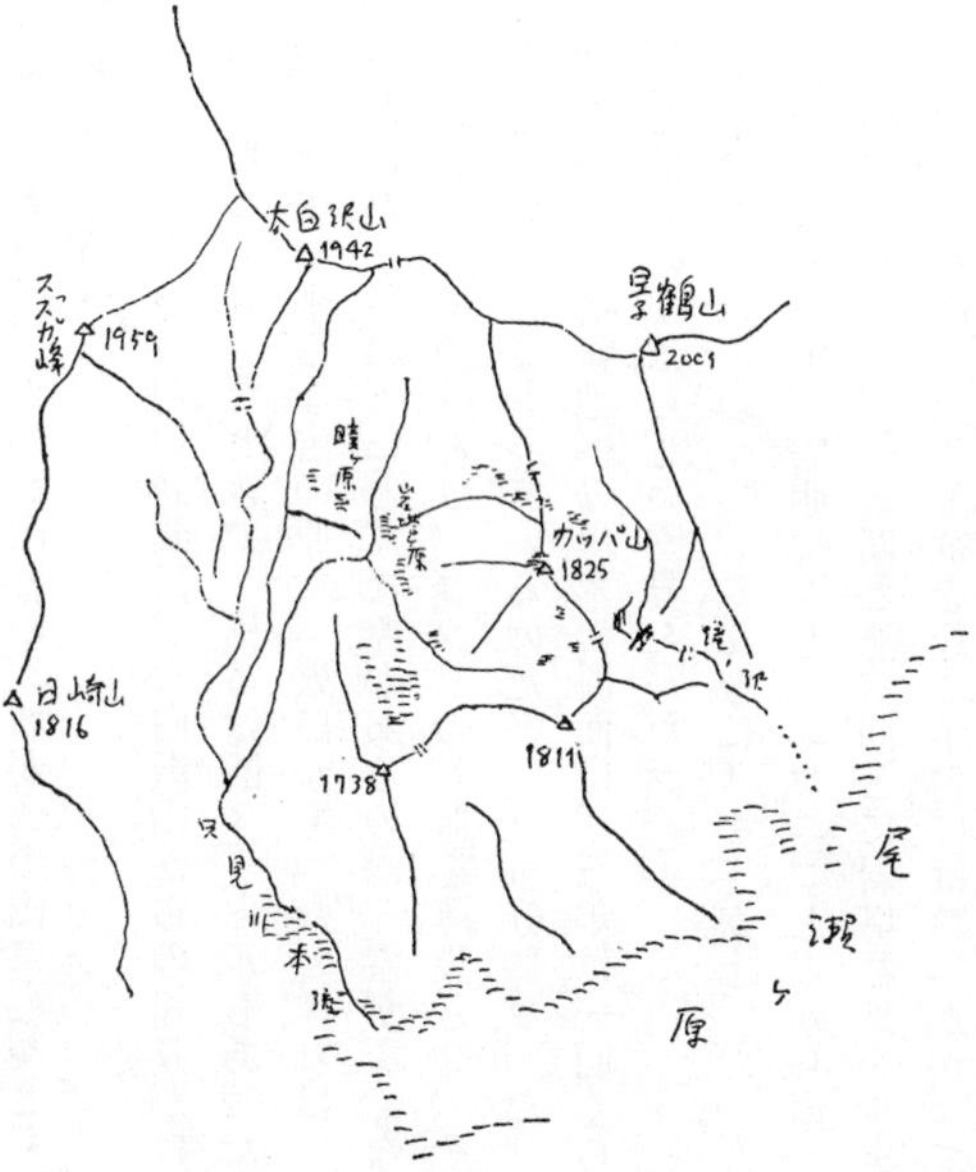

はじめて岩塔盆地へ進入したときは、只見川《ただみ》水源を忠実に遡《そ》行《こう》して二日目にカッパ山の山すそに開ける湿原のすみにテントを張り、翌日は大白沢山へ向かい、数日後にまたもどってきたけれども、このときにはカッパ山を目前にしながら、これがひとつの立派な火山であることに気がつかず、まして名前をつけ

る必要も考えず、カッパ山という名がこの山にもっとも適したものであることなどは、知るよしもなかった。

カッパ山への最初の訪問は、大白沢山からの帰りがけに、ちょいとつけたりの寄り道をしたくなって登ったときで、積雪は四メートルもあった。

頂上はまっ平らな雪の原で、火口があったとすれば、そのあとが湿原になったものにちがいないが、雪の下にどんな原があるのか、雪がなくなってみなければわからず、まるく森林のぬけたてっぺんは、カッパのお皿を連想させ、その上を歩く私は、自分がシラミになってはいずりまわっているのだという気分になった。

頂上から岩塔盆地への黒木の斜面は、五年に一回くらいしか出会うことがないだろうと思えるほどのすばらしい雪質だった。

大木のあいだをぬって、こんなにスキーが上手だったかとおどろき、ワーッと叫びたいくらいの嬉しさで、誇張でなしにニコニコしながら滑ったものだ。

このときから後、積雪期と無雪期とに岩塔盆地を歩きまわるのを年中行事にしたが、無雪期にカッパ山へ登る意欲を起こすのには数年かかってしまった。新しい火山であるために通りぬけやすい水流跡の凹みがないから、密生するヤブを正攻法でこぎ上らなければならないのがオックウだったのだ。

そんなことをするよりも、岩塔盆地のなかで黒木に囲まれて点在する湿原をわたり歩いているほうが、どれほど楽しいかしれない。

岩塔盆地の湿原の中では、いちばんしっとりしていて、しかもきれいなのが瞳ヶ原と名付けた円形の原で、ここにだけは、かなりの大きさの池がいくつかシーンと静まりかえっている。いちどカモがこの池に来て、しばらく遊んでいったことがあったが、そのほかにはこの原で動くものに出会ったことがない。

ツツジとキンコウカが多くて色あいの豊かな原だし、池のひとつには毎年かならずオゼコウホネの花が二つだけ咲く。決して三つにならず、減ることもない。

泊まり場としては川のほとりの岩塔ヶ原が開けた気分なので、いつもここに決めている。たまに熊がやってくることもあるが、お互いに無視しあっているので、彼らは「また来てるな」といった顔つきをするだけで、イライラした態度を見せることはない。

たったいち度だけだが、妙なものが通ったことがあった。山手の水場側からひとりの登山者姿の男が歩いてきて、テントの五〇メートルばかり横を通りすぎていったが、四、五人で立ち働いているわれわれのほうを見むきもせず、知らん顔をしていた。

こんな山奥で人に出会ったら、普通ならなつかしそうな顔ぐらいするものだし、そのときはかなり暗くなっていたから、もう泊まり場を考えなければいけない時間だ。

ここらあたりのヤブは夜歩きには向かないし、最高の泊地を無視するのはおかしい。

そこで「オーイ」と声をかけてみたが、よほどの人嫌いなのか、ふり向きもしなかった。

彼の姿がヤブのかげにかくれてから、私は急におかしいと思いはじめたので、追いかけていった。当然まだ原の中のどこかに歩いていなければならないはずなのに、その男はどこにも見あたらず、気配もない。

私は他の人たちを怖れさせないように、ケロリとした様子を見せてもどってきたが、もうみんな心の底にむかし持っていて、永いこと忘れてしまっていたものを呼びさましてしまいガクガクして青ざめていた。

その後は泊まり場をこの地に定めたことがないので、ときどき出てくるものなのかどうか、これについては今のところ私には何ともいえない。

カッパ山が無雪期にはまだだれにも登られたことがないのは、以前からおよそ見当はついていた。

今どきバリエーションルートどころか、未登頂の山がこんなところにあるのが不思議なようなものだが、盲点というのは意外なところにあるものとみえる。

ふつう耳なれているのは積雪期初登頂という言葉だが、ここらの密林山岳ではこれが逆になる。ヤブさえ雪で埋れてしまえば、何の抵抗もないのだからスイスイと登れるが、いったんヤブが起き上がってしまうと、下へ向かってすべての植物がホコ先をそろえる。

遠くから見て黒木のまばらな緑の斜面は、ねそべったら気分のいいところだろうと、知らない人は考えがちだが、こんな場所に下手に入りこんだがさいご、身動きできないほどのヤブで、てってい的にいためつけられてしまう。

カッパ山を南面から手がけてみたら、ほとんどがこの寒帯低木ジャングルだ。私はもう密林歩きではスレッカラシになっているから、けっしてまともにこんなひどいところへはつっこまない。大木の下は下生えがうすいのは当然だから、大木を順に訪ねてもぐって行く。回り道だが体力の浪費がないので、おもしろいようにすんなりと頂上へ近づく。斜面に湿原があるところは、動きながらすかしてみるとスッポリぬけているのがわかる。地獄の中の天国みたいな場所だといってもいいくらい、これも人類初進入の地だ。腰をおろすと正面に至仏山がピラミッドのように、想像したよりも高く大きく見える。至仏はこの方角からながめるのがいちばん立派だ。

またヤブに突入して、黒木のむこうが空になったら頂上の湿原だ。池もなければろくすっぽ花も咲いていない淋しい原だが、これがカッパのお皿にはちがいない。まわりが黒木で、それでも景鶴山の岩峰がすぐ近く見えるだけのすきまがあるのはうれしい。

やる気になれば、こんな初登頂はだれだってできるわけだが、技術的に困難でなくても気がつかないでボンヤリしていれば、宝物が目の前に落ちていてもわからないで自分のものにできないで終わるだけのことだ。

本州の中では、まともな山としてはさいごの初登はこうして終了した。

カッパ山は、私が名付け親であり、その皿の素肌をはじめてふみつけたということで、私には他のどの山よりもかわいい存在になってしまった。

西丸震哉（にしまる・しんや）一九二三年生まれ。二〇一二年没。東京食生態学研究所主宰。

市之蔵村

――子供や少年たち――

堀内幸枝

御坂峠を下って甲府に向かう国道が一三七号線である。この国道の中ほどに分岐点があって、「ここより市之蔵村《いちのくら》に入る」としるされている。そこを入るとまもなく市之蔵村である。もうこの先に人家はない。この山際の小さな村へは他所の人が入って来るということもなく、村の人が国道を経て他所村へ行くということもない。村は春夏秋冬八十戸の家と家族だけでひっそり暮らしていた。

その山添いの村を私は子供の日から辺鄙《へんぴ》な村だとも小さな村だとも思ったことはなかった。この村に生まれ、この村しか知らない私は、終日村のあちこちを遊び回るのに忙しかった。

私の家の庭続きに母方の祖母、そこから田圃《たんぼ》続きに曽祖母の家と、そのまわりの山畑、河原、小川は駆けめぐっても駆けめぐっても尽きない面白さがあった。

こうして駆けめぐった私達の足は上は金川の水門まで行きつくと止まってしまう。ここが市之蔵村の終りだよという風に水守地蔵さんが立っていた。下は新巻村の村境まで行くと、この先は他所村だよという風に、道しるべの脇に一本杉がにゅうと立っていた。東は嵐山の裾、西は市之蔵橋、この内側が子供の日に、駆けても駆けても尽きない私達の遊びの行動半径であった。村の領分から向こう側へ一歩でも出ると、畑にいる百姓の顔も、あたりの地形も、野道のうねり方も、なんとなく違和感があって、ひえびえと感じられる。私達は竹馬に乗って往還をねり歩いても、水守地蔵さんの前まで行くと引き返し、凧上げしても一本杉の下まで行くとストップする。

こうして遊び回る村は、毎日毎日がのどかで静かで、とりたてた変化もないが、大きくなるにつれ子供心に、なんとなく、この静けさにも一抹の寂しさを感じた。

寂しいことの一つには、村には昔から店というものがないことであった。朱塗りのポストが一つ置いてある四ツ辻の家が店と言えば言えるだけ、葉書と切手、マッチとローソク、それに塩少々置いてあるだけだ。私達はお金も持たず、ものを買うことも知らない。学校から帰るとカバンを置き、まっさきに味噌蔵から味噌を持ち出して畑へいく。そこでよく熟れた胡瓜《きゅうり》とトマトをちぎって食べ、人参を引き抜いてポリポリ食べる。そのうえ他所村にはいくつかあるが、市之蔵村には盆踊りもなければ店の出る祭りもない。昔からそうであった。平和だが両親も近所の人も来る日も来る日も畑に出ている。生活の必需品は自給自足のこの村では、稲も作れば木綿も作る。胡麻《ごま》も麻も作る。お金で買うものは、マッチと塩ぐらい、それら雑穀雑種を多く作らねば生活出来ない山峡の村では、三百六十五日を村人は畑にばかり出ているのだ。

村の子供も十二、三になると、のどかだがやっぱり子供らしい好奇心や冒険心を持ってくる。

秋の取り入れがすみ、十一月中旬頃、村では豊作を祝って稲荷大名神の御神名《ごしんめい》を切り、紅白の団子と共に広い田圃へ上げにいく慣わしがある。私達は祖母が朝早くあげに行ったその日、学校から大勢の友を誘って帰る。真白な御神名がはためく一丁田へ行き、田圃の隅に積み上げられた藁《わら》ハンデの中へくぐり込む、そこで石棚から下ろした団子を切り、味噌をつけて食べる。そんなささやかな遊びが、山の子供達にとっては祭りのかわりにもなっている。

次には市之蔵橋を渡って、年に一度村へ入ってくる富山の薬売りを待つことだ。この薬売りは何より千金丹《せんきんたん》と紙風船を持っている。千金丹は、もろこしばかり食べさせられている山の子供達にとって、食べたあと、ちょっと、コーヒーのようなハッカのようなほろ苦い香りが口に残って、薬と言いつつ、山村の食べ物とは違った人工的苦味がとても新鮮で楽しいのだ。

だが富山の薬売りよりもっと私達の好奇心を満たしてくれるものがある。

それは朝鮮飴《あめ》を売りに来るおじさんである。月に一度くらいこの国道をドンドコド・ドンドコドとやってくる。この太鼓の音は、村人達が一年中聞きなれている山羊の声とも、田ほうりの音、芋車の音、藁を打つ音、山の樹々の枝が揺すれる音、それら寂しい音と違って、村の静けさを破って、胸をゆすぶるほど楽しく響いてくる。

この音がなり出すと私達は、市之蔵橋めがけてかけ出す。そのおじさんは大きな太鼓を腹にかかえて自転車に乗り、日傘を立てて二本の棒でドンドコド・ドンドコドといさましく打ちながら入ってくる。私達は屋敷の回りから、鉄くず、釘、からびんをさがして飴屋の来るのを待つのだが、飴屋はまず上村へ入って、水守地蔵さんの前で引き返し、もう一度下ってくる。が、決してすらすら歩かない。自転車を止め、日長の春も短い秋も、四ツ辻で「ドンドコド・ドンドコド」と太鼓を打ちながら、いったりきたりぐるぐる回ったり、ダブダブの朝鮮服の足を面白おかしく持ち上げて、ひとしきり踊ってからでないと飴を売りにかからない。売り始めてもこの飴屋は、朝鮮人特有のアクセントで
「サア、カラピンイッポ、アメイッポ」と言いつつ白いサラシ飴を袋に入れてくれる。その太鼓の音は後《うし》ろの嵐山に谺《こだま》して村全体になり渡り、白い朝鮮服を着たおかしな男の踊りは、小さな村にちょっぴりエキゾチックな刺激を残していくのだ。

私達は毎年一丁田に御神名を上げる日を待ち、薬売りを待ち、朝鮮飴のおじさんを待って、年を重ね、十二歳になり、十三歳になり、そして村に、春蚕、夏蚕、秋蚕が何回か繰り返されていった。私はある暖かい晩春の日、軒先で父にたのまれた籾がらを燃やしている。

籾がらをお山にして、その上に煙突つけて、お山の下に粗朶《そだ》を押し込んで火をつける。焦げないように、なま過ぎないように籾がらを燃やす。縁側に腰かけて、時々立ってかきまわし、また煙の具合を見ながら、ゆっくり籾《もみ》がらを燃やす。籾がらの煙はこの村の少年少女が時々ひょっと見せる、ほのかなはにかみに似て、細くただ一筋ゆらゆらっと大空に立ち上がり、そのままうっと藁屋根の上に薄れていく。私の胸の中にも山峡の空気と共にこの籾がらの匂いが流れこむ。もう一度私は立ち上がって、長い棒でかきまわしながら、あと二年もすれば、自分ももうこの村にはいなくなるだろう。自分はどこへ嫁にいくのだろうか、隣の少年も、上の家の少年も往還で凧上げしたあの少年も間もなくいなくなるだろう。事によると今年の冬からいなくなるのかも知れない。

私達はお正月、同じ年の少年少女が集まっても、決して来年は東京へ行くとも、嫁に行くとも言わない。この村の静けさの前で、そうした雑駁な社会的話題があまりに異質で切り出せないのか、村を出ていく事が悲し過ぎるのか、昨日まで遊んだ友はある日から、ふいといなくなる。何の波紋も立てずに——。ただ母親の口から、隣の健ちゃんは東京のパン屋へ、好子ちゃんは郵便局の事務員になって行ったそうだと、そのそうだの言葉が最後にのこるだけである。私のそこはかとない一人の少年への思慕もそれきりそうだの言葉で消えていく。

籾がらの煙が山峡の空へ一本細く立ち上がり、やがて村の屋根屋根に、ゆっくり春霞のように広がってくる。その山峡の空と煙を見ながら、私は秋漬の味の良くしみとおった沢庵を縁側でシャキシャキ食べながら（いつまでも幼ない感情に戸惑っていてはいけないのだ）と自らに言い聞かせ、また空を見上げると、御坂下ろしの風は荒く、この谷間の静けさと幸せの中に、その悲しみもまた煙のように消え去っていくのである。

堀内幸枝（ほりうち・ゆきえ）一九二〇年生まれ。詩人。

四つの道

串田孫一

雨が降っていた。雨は昨日から、少しいやらしい働き者のようにせっせと降っていたので、まるい石を並べた道は大層きれいだった。河原はずっと下の方だから、畚《もっこ》に二つ三つ、蟻の卵運びのやり方で、えんさえんさと担ぎあげて並べた石に違いない。こうなっていると水溜まりもできないし、丸い石の割にはごろつかないのでありがたいが、靴の底は早く土を踏みたがっている。雨が降るのに、一体私はどこへ行くのだったろうと、おかしなことを次々に考えてしまった道だった。

*

道は森に入って三十分。いやに幅がひろく、三人ぐらいなら肩をならべて歩ける。三人、冗談を言いあいながら山道を歩かなくなってから何年だろう。私は遠くの国で死んだ一人と、行方不明のままになっているもう一人の、こんな道を歩いている時に言い出しそうなことを考えてみる。けれどもだめだ。生き残っている私はしょんぼりするばかりだ。そのうちに、これでは全くいい散歩道だと思っていた森の道が急にせまくなり、がっがっと登りになる。木の根が蛸の足のようだし、いい加減古くなった倒木さえまたがなくてはならない。やれやれとさっそく不機嫌になった古い友だちの声がする。

＊

遠くから見えていた峠なのに、峠を越して一時間ばかりしたところで日が暮れると上等な一日になるだろうと思ったために、道草の喰い放題。木にのぼって、細くなった腕を叩き、流れに木の葉を浮べて小石を投げた。

ところが峠を越している小みちが、ぐねっとのぼって行くあたりが寂しく昔の心を残して大変よかったため、私は早くここへやって来て、思う存分に遊べばよかったと独りで舌打ちまでして残念がった。峠の向う側から誰がやって来るだろうといろいろ想像をしてみるが、兎の耳でも見えてくれれば万万歳。ともかく最後の二三十歩を丁寧にしっかりと登って行こう。

＊

ずっと下の吊橋を渡ってからもう三時間近く歩いているのに、騒々しい渓流を右に深く見下ろすこの道は一向に終らない。頭の中もすっかりぼおっとしてしまったし、カワガラスがこっちを見て何か言っているけれど、さっぱり聞こえない。私にしても、道をここに作れと言われれば、こんな道しか考えられないけれど、無闇にあくびばかり出て仕方がない。急いで歩いてみても、何も変化が起らないし、岩のあいだから垂れている水を両手に受けて顔を洗って見ても川音は転調せず、これから山に登るのか降りて来たのかも分らなくなった。

串田孫一（くしだ・まごいち）一九一五年生まれ。二〇〇五年没。詩人。哲学者。

高原の五線紙

結城信一

I高原駅を下りて、石ころの多い坂道を何キロか、休み休みゆっくりとのぼってきた。……谷底から垂直に天に伸びた、杉と檜の密林が、私が歩いてきた道よりも更に高いところで繋りあい、きらめくような白光を、ひたすらに浴びつづけているのどかな午後の情景までが、もう私の眼の下にひろがっていた。

……半島の中ほどで、幾つもの丘陵をへだてた向こうには、濃いむらさきをふくんだ碧い海が、すっきりと晴れた空の下で、鮮明な長い水平線を見せている。

珍しく私は、少しの疲労もおぼえなかった。疲労感や、物憂い重さがないということで、予期したような（私はそれを心から願っていたのだが）穏かな、甘美な心のやすらいの中に、しっとりと静かに浸っていられるようだった。

《疲れるわけがない。あたりまえのことだろう……》

緑に包まれただらだら坂は、もちろん一本道ではなくて、ポケットに忍ばせてきた多少たよりない簡単な略図を、休み休みの途中で軽い汗をぬぐいながら、手紙でも読むような恰好でひろげてみたりしていた私は、ある若い新進詩人と交わした短い会話を、ふと思いだしていた。
《……このごろは、来客も多いことでしょうね。いろいろと来るんじゃありませんか？
……》
　私は、こまやかな感情と鋭い神経の持主に、何かありきたりのような愚かな質ねかたをした。
《……それほどじゃありませんよ。……それに、お客があると、結構疲れてしまいますから……》
　若い詩人は、それから、こんなことを、静かな口調で告白した。
《いい詩が作れない時期が長びくと、「旅」をしないからだ、と直ぐ思ってしまうのです。……すると、都会の空気がたちまちに私の全身の毛穴を、沼のように塞いでしまうのです。高原を歩きたい。海を眺めたい。そして、とにかく私は出かけます……》
　……いま私も、その詩人と同じように、「とにかく出かけ」てきた。……少しの疲労感もないばかりか、むしろ穏かな甘美な心のやすらいの中に、しっとりと静かに浸っていられるというのは、やはり至極当然のことのようである。全身の毛穴ばかりでなくて、心のすみずみまでが群青色の空にむかってひらき、明るい午後の白光に柔らかくやさしく包まれている……。
　なだらかな草むらに軀を横たえながら、私は煙草に火をつけた。……すると、あの若い詩人も、あるいは今ごろは、やはり何処かの高原を一人で歩いていることかも知れぬ、というような気までしてきた。

私は、ためらいがちに緩かに流れている白い雲を、眼を細めて仰ぎながら、二本目の煙草に火をつけた。

そのとき、その煙草のことで、つい最近のことが急に鮮《あざや》かに思いだされてきた。……

*

……この二月の半ばちかくのある日、この高原へ、半島の南端にあるS町の方から逆に、つまり南の方から北に向かうというコースでやってきたことがある。

《……千本の梅林がある、という話を、出がけに耳にしてきたのだが、暖かい土地とはいってもまだ咲きそろってはいないだろう。むしろ、満開というのは、あまり好ましいことではない。それに、その梅林には、まだこれといった名称もつけられていないらしいところをみれば、都会の心ない連中の足に荒々しく踏みこまれることも、先ずはなさそうだ》

しかし、その千本の梅林というのは、見つからなかった。何となく「とにかく出かけ」てきた私の眼に見えてきたのは、ほとんどが黄金いろに耀いている大きな実を鈴なりにつけた夏蜜柑《なつみかん》の畑ばかりであった。

強い烈しい風があれていて、私の細い軀《からだ》は、ところどころに小さい青い芽をのぞかせている枯れ草の高原で、ぐるぐると独楽《こま》のように廻った。……巨人のマントを思わせる、大きなビニール袋がかぶせられているものも、やはり夏蜜柑の木であることを、そのときに知らされた。……陽あたりの悪い場所では、ビニールで霜よけをするものと見える。

それでも青い空や、ふんわりとした白い雲や、つやつやした夏蜜柑の緑の葉などからは、もう春の匂いがこぼれている……。

この強烈な風にしても、もはや厳しい冷たさは感じられない。

足もとでは、ひとかたまりの去年のススキの、疏《まば》らになった穂が、枯れた茎と一緒に今にも飛び立ってゆきそうな揺れかたをしている。……風と草木の音のほかは、人の声も、あの忌わしい騒音や排気ガスの音もきこえてはこない。とにかく、あの「沼」はないのだ。

ただ、風が強すぎるために、私はいくらかくたびれていた。

……そのとき、遠くの方から、微かな小鳥の声が運ばれてきた。その微かさは、風によって消されるのではなくて、うまく風に乗ってくるような感じだった。

何の鳥だろうか、いや、小鳥なぞではなさそうだ、と思っていると、またいちだんと烈しい風が襲ってきた。私の細い軀は、ふたたび独楽のようにぐるぐると廻りだした。……やがて私は、カサカサに乾いたススキの茎を握りしめたまま、廻り疲れたあとのように、ぺったりと横に倒れていた。

すると意外なことに、眼の前に、何処《どこ》から現われてきたのか、山吹いろのコートと、水色のスカート姿の一人の女性が綺麗な脚をそろえて立っていた。こちらを見おろしているのに気がつくと、私は駭《おどろ》きの声を立てそうになった。

「……あんまり強いんで、石ころが飛んできて、脚にぶつけられてしまったわ。……痛くて、痛くて……」

若い娘の方から、いきなり声をかけられて、私は更に狼狽《ろうばい》した。

空で遊んでいた天女が、この強風でふりおとされたかのようである。

「おひとりですか、……こんな風の強いのに」

若い娘は、それにには答えなかった。

どういうわけか、右手に持っていた、スケッチブックでも入っているらしい平たい四角な紙袋を、急に頭の上でぐるぐると何度となく廻しはじめた。……まるで、さきほどの自分の独楽のようだ、と私は思った。

《こんなふうに、あなたは、ぐるぐる廻されていたのよ、とでも言いたいのだろうか？……》

「歌をうたっていましたね。……小鳥か、と思ったりしたけど……」

「歌ってはいましたけど……。下の、小さな村で、ウグイスが啼いていましたわ。とてもきれいな、明るい声で……」

私は煙草に火をつけようとしたが、マッチは焰を出さぬうちに、すぐに消えてしまう。

外套《がいとう》のボタンを外して、その内側でつけようとすると、娘は私の軀に触れそうなほどにそばまで寄ってきた。そこで私の手許をかこってくれた。

「……どうも、どうもありがとう」

私はふたたび狼狽しながら、どもりがちに礼を言った。

「あなたは、学生さん？　じゃなさそうですね。何か、仕事でも持って、たとえば、絵とか、それから……」

娘は黙っていた。別に喋ることもない、という様子である。

ふかぶかと煙草を吸込みながら、夏蜜柑畑を見おろしていると、「さよなら」という声がした。ふりむくと、平たい四角な紙袋を右脇にだきしめて、先を急ぎでもするように立ち去ってゆく後ろ姿があった。

＊

《どこかで、一度見たことがある！》

私はしばらくして、思いがけないことで煙草に火がつけられたそのことより、突然、胸の奥に、火が走ったような駭きにうたれていた。

……私は、その娘を心の中に探しだそうとして、記憶の原に入りこみ、あちらこちらと掘りだしはじめた。それは何処かに、いつかは膨らんでくる一粒の種子のように、ひっそりと蔵《しま》われている筈であった。しかも、それは、そんなに遠い日のことではない。

やがて私は、その一粒の種子が見つからぬうちに、その娘が、下の小さな村でウグイスが啼いていた、とてもきれいな、明るい声で、……と言っていたことをふと思いうかべた。そのとき、娘は、こう言ったのである。「自然のなかで啼いているウグイスは、とても音程が正確なんです。でも、かごの中に飼われているうちに、だんだんにその音程が、崩れてくるんです……」

そうかな、そういうものかな、と思いながら、私は煙草をのんでいたのだ。

……記憶の原の中から、なかなか娘の姿は見えては来ない。錯覚だったのだろうか、と思われてきた。

私は、娘が消えて行った反対の方角に向かって、風に逆らいながら、少しずつ歩きだしていた。おそらく、同じウグイスの声がきける、下の小さな村に出られるかも知れない、という期待があったようだ。

しばらく歩いているうちに、私の脚に、いきなり一枚の白い紙が吸いついてきた。どうやら宙に舞っていたらしいのを、風が私に貼りつけたのだ。手に取ってみると、五線紙だった。音符はひとつも書いてなかった。題名だけが、鉛筆で「小さな村で」と書かれてあった。

急に一つのことが、鮮明になってきた。……紙の新しさからいっても、先ほどの娘が落して行ったものだろう。スケッチブックでも入っているように見えた平たい四角な紙袋には、五線紙がたくさん入っていたのかも知れない。……彼女は、ウグイスの村から高原へと歩きながら、作曲をしていたのだ。そして、彼女が歌っていたのは、作曲途上の、未完成の「小さな村で」だったのかも知れない。……《ウグイスの話のわけが、わかった！》

……すると突然、たたくような強い風が、まだ音符の書かれていないその五線紙を、私の手から奪い去った。私は、はッとして追おうとしたが、水平に翼をひろげたままのとんびのように、それは一瞬のうちに遠くの空へ流れだした。流れてゆく白い紙は、天女の羽《は》衣《ごろも》のように見えていた。……

結城信一（ゆうき・しんいち）一九一六年生まれ。一九八四年没。作家。

峠の日記

滝沢正晴

魚沼と頸城《くびき》をつなぐこの峠に立つと、秋の夕日は真横から私を包み込む。赤い太陽が次第に光の輪を狭めながら、薄く散らばった雲に金色の輝きを放つと、峠の景色全体が反応して一日の終りへと傾く。

画帳を閉じ、赤い光に背を向けて林道に出ると今日の絵の色調イメージが決まりそうだった。ブナ林をカサカサと五、六分も下れば峠のちっぽけな分校である。

夕暮れの校舎は玄関の鳩が鳴いているだけで誰もいなかった。暗い教室に入ると、まだ今日一日の子どもたちとの時間が静かに残っている。床に乾かしてある水彩の絵、長机に置かれた理科の器材、鳥籠。そんな狭い教室の床板に私も今日のスケッチを並べる。

春以来この分校に勤めるようになって、私は自分の新しい生活を見つけ出そうとしていた。峠の四季に浸り、光と風を吸収したかった。そして、十三人の子どもたちへの責任と熱意を通して自分自身を確かめたかった。

空はいつの間にか高く澄み渡って、星がかすかに動き出し、峠は安定した静かさに入る。

私の下宿は集落の上の方に位置し、屋号を「上屋敷」という。さらにその奥には「上《かみ》」の家があり、もっと高い場所には「大上《おおかみ》」という家もあった。どれも古いカヤぶきで、コケや草で緑ずんだ屋根である。

家の中央にいろりがあり、その縁で猫は目を細めたまま動く気配がない。

「まだ山から来ねんだがの」

下宿のおばあさんが台所から前かがみで出て来て私を迎え、刻んだ白菜をいろりの鍋にジャボコンと無造作に入れた。私は外から薪を抱えて来て風呂の火焚《ひた》きを手伝う。釜口でけんめいに火吹き竹で火を煽《あお》ったので、ほっぺたが痛くなった。黒い天井に木の匂いを含んだ煙がたち込めていた。

牛小屋に繋がれた山羊《やぎ》が啼いて、この家の老夫婦が山仕事から帰ったことを知らせている。やがてその山羊を叱るおやじさんのしゃがれ声が聞こえる。

その夜いろりばたでおばあさん特製のブドウ酒をすすめられていい気分でいると、子どもたち五人が珠算練習に来た。習い初めの珠算に興味があり、どの子も熱心である。練習を早目にやめて、みんなで菓子を食べながらマンガを描くことにした。綿入れの袖なしを着た少年はおやつが気になって絵が進まない。教室とは違うなごやかな団らんで、峠の夜は子どもたちの明るい声が弾んでいた。

学級図書を買いに麓の町に降りる。その日オルガンで教えたばかりの歌を、大きな声で唄いながら急な小道をのんびりと行く。通い慣れた近道である。雨上がりのキリッとした景色は気持よく、秋のにおいが充満している。谷の方から梢伝いに賑やかに移動して来るのは、コガラの一団だろうか。秋をいっぱい啄《ついば》んで気分のよさそうな声だ。きのうの雨でいっそう葉を落とした樹木の向うには県境の遠い山が一段と透けて見える。

初雪だ！　信濃川から開けて、幾段も層をなす河岸段丘の続くその上。鳥甲《とりかぶと》山のピラミッドと苗場山の背中は白く誇らしげに身を反して見える。（初雪だ）幼い頃からの不思議にわくわくする悦《よろこ》びと緊張が私をゆさぶる。雪の里に住む者にとって、県境の山の頂きに見る初雪は冬を告げる〝一番のろし〟であった。

「山に雪が来たての。早いもんだ」坂を登って来た主婦は立ち止まって一息入れた。

「二、三日えらいさぶかったんがのう」彼女は遠い山を振り向いて顔の汗を拭くと、誰に言うともなく

「やだ、やだ……」とつぶやきながらまた坂を登って行った。町で買ったラーメンの箱を帯で背負っていた。

私は谷川の音がよく聞こえる断崖の上に来て枯草に腰をおろし、一息入れる。このまま一気に車道へ出てしまうにはもったいないような午後だった。まだわずかに緑が残る草に寝ころぶと、寂しい秋の暖かさが背中のあたりに溜まっていた。

峠の集落から三キロも奥に菅沼というさらに小さな集落があって、そこからは六人の子どもが分校に通っていた。六人ともそろって無口で、山道を一列に並んで登校して来る。子どもたちはだいたい弁当を腰にくくりつけているものだから、帰りには空弁当がカラカラと鳴るのだった。校舎の傍に作業小舎に似た粗末な寄宿舎があって、六人は冬期間そこに泊まることになっていた。まだ幼い一年生まで家を離れて暮らすのはかわいそうに思うけれど、降り積もる雪のことを考えれば仕方ないことであった。

子どもたちは物作りが大好きだ。その日は時間表を無視して花びん作りに熱中した。完成めざして、もう二時間半もぶっ続け。腕まくりの手が白セメントで汚れているのもうれしそうである。玄関の石でタイルをたたいている少年の回りに、近所の幼い子が珍しそうにしゃがんで見つめている。

峠に沈みかけた太陽が、集落の屋根をかすめていた。坂を下る耕運機の音の後から子どもの声が追いかけて行く。秋が深まっていく風景だ。

終業の鐘が鳴っている。この分校では授業の合図は鐘で知らせる。赤んぼうをおんぶして、おばさんが鳴らしているのだ。彼女は几帳面《きちょうめん》に時計を見ることもしなかったが、ほとんど鐘に狂いはなかった。

さて、白セメントに色タイルの破片をはめ込んだごつい花びんが窓際の台に並ぶと、それはちょうど十三人の子どもの整列そのものである。その傾き、姿、表情に幼さの美しさと語りかけてくる力があった。そのつぶやきこそ私が聞いてやらなければならないその子のメッセージだ。一人一人の生き生きした呼吸が伝わってくる。どの子もこの山間地に育っていることに不平はない。むしろそのことに誇りさえ感じられる。そんな心の豊かさを長い人生にもち続けてほしいと強く願う。

夜の風が秋の葉を飛ばすと、森はカラッとして表情を変える。年寄りや子どもは枯枝を拾いに峠の森に入る。

分校でも晴天を待って恒例の焚木拾いをした。教室のストーブの焚きつけ用に枯枝がどうしても必要だったし、好天の秋の一日を山で思い切り遊ぶことも、峠の子どもたちにとっては欠かせないお楽しみ行事でもあった。

農家から耕運機を借りて峠を登る。ブナ林がきれいに続く尾根のあたり、その尾根の麓に小さな池があって、波もない水面は空の深い青を映している。木の葉が散り込んで静かな平和があった。そんな世界に時ならぬ子どもたちの歓声がこだまして、森では枯枝の折れる乾いた音が気持よくはね返っていた。

やがて来る雪の季節、長く重い冬を素直に受け入れなければならない。そうした確かな覚悟のようなものを子どもたちは幼いうちに身につけるのだろうか。それはしかし、不幸な悲しみでは決してない。人生に欠かせないメルヘンである。生きる力である。

温泉も出なければスキー場もなく、第一若者がいない。急な斜面を段々に散らばるわずかばかりの田畑には貧しさがあり、炭焼きの通る山道ももはや荒れ果ててしまった。峠の里を離れて行く者も少なくなく、残る者も夏冬出稼ぎの苦しい生活である。とり残されそうな集落、それだけに子どもに期待と夢を託す私の意気込みは大きかった。

峠の南向き傾斜は雪の吹き溜まりになる所だが、山村はいま静かに秋の吹き溜まり。夏以来出没していたらしい熊が今日捕れたという。人が近寄っても気づかないほど夢中でクルミを喰っていたという。天候に熊荒れの気配はどこにもなく、青空は悲しいくらいに高い。峠の子どもたちは雪の舞って来る日を心待ちしていた。

滝沢正晴（たきざわ・まさはる）一九四三年生まれ。元中学校長。

こんにゃくの村

今井雄二

こんにゃくにはユーモアがある。やわらかいくせに弾力があって、つるつる、ぷりぷり、へなへな、といったえたいの知れない形容しかできない。そんな不得要領な感じをテーマにして落語〝こんにゃく問答〟では、ちんぷんかんな禅問答で人を笑わせる。

たいていの人は、こんにゃくが好きだという。だが、うまいといっても、どんなふうに味がいいのか、ちょっと表現はむつかしい。なめらかな舌ざわり、歯ぎれのよい抵抗感、といったものがその要因のうちに入るかと思うが、これは感触であって、味そのものではない。甘くも、苦くもない、いわば無味に近いのだが、薄く切って刺身にして醤油で食べると、それだけで結構いただける。おでん、煮物、それにすきやきや寄せ鍋など、いろいろな料理の複雑な味にも調和するのは、こんにゃくの無性格な性格というものであろう。この融通無碍《ゆうずうむげ》なところは、また禅味、俳味にも通じるような気がする。

ただこんにゃくは水分が多くて、つけ味がなじみにくいので、よくからいりしてから料理につかう。これについて膝栗毛におもしろい話が出てくる。弥次喜多が伊勢の津で泊めてもらった家で、さかなもありませんから、こんにゃくを、といって出してくれたのを見ると、丸い石がそえてある。石を食べるのかと、弥次と喜多は箸でつついてみたりして思案にくれるが、弥次は江戸っ子の負けん気で、江戸表では小砂利を、とうがらし醤油でいりつけるか、または煮豆などのようにして食べる、などといって威張る。主人がびっくりして、その丸い石もめしあがるつもりですか、それは焼石でして、食べたらやけどをします。こんにゃくは、その焼石でたたいて食べると、水気がとれて、かくべつの風味がありますといわれて、そのようにして食べてみると、はたして〝かくべつおいしくていいはんかたなし〟だった。

この水気をとるために、フライパンなどでからいりするが、そのときのこんにゃくの悲鳴を聞いたことがありますか。ヒイヒイ、キュウキュッと、とても聞くに耐えない悲痛な叫び声をあげる。むかし、なんとかいう偉い禅僧が四条川原で断罪にされ、痛いよう、痛いよう、と叫びつづける声が、ひと晩中、京の町にひびきわたったという話がある。これが禅の真骨頂だそうだが、焼かれるこんにゃくの悲鳴を聞くと、私はいつもこの禅僧の話を思い出す。

＊

はじめてこんにゃく玉を見かけたのは、甲州の赤芝という部落だった。

中央線の塩山からバスで二十分ぐらいで窪平へ着く。ここから左手の鼓川《つづみ》という流れについて入ると、塩平という最奥の部落がバスの終点である。小楢山《こなら》、焼山峠、乙女高原、黒平峠などへ近い。この塩平は、見ごとなかやぶき屋根の集落で、このごろあまり見かけられなくなった山村風景を残している。

窪平からこの塩平まで、バスは次から次へと、たくさんの部落を通過するが、その途中に牧平というところがある。ここに金峰館という田舎宿があって、私は何度かここに泊まったことがある。

この牧平から西へ弓張峠《ゆみはり》へ通じる道が別かれている。弓張峠は水ヶ森山と帯那山《おびな》との間にあって、これを越えると昇仙峡《しょうせんきょう》へ出る。その峠への途中にあるのが赤芝部落である。甲斐《かい》国志によると、ここで昔、武田の軍勢が戦って、草が鮮血で染まったので、この地を赤芝と名づく、とある。道ばたに、まんじゅう塚があって、古い石地蔵が立っているが、この合戦の由来と関係があるかも知れない。

晩秋の晴れた日であった。私は牧平から細流沿いの道を登っていった。しばらくたって赤芝の民家が現われてきた。流れに鍋や食器などがつけてある。ふと青柳瑞穂《あおやぎみずほ》さんの『さやかな日本発掘』の中の美しい文章が頭に浮かんできた。

「……その澱《よど》みの中には、鍋、釜の類が漬けてあった。見れば、五、六匹の目高が、たった一つの飯つぶを中心に集ってゐる。まるで何かの花のやうである。しかし、私の入道みたいな影に驚いたか、パッと散ったが、また花の姿を形成しようと集まる。……」

そんな水中に、青柳さんは黒い鍋釜にまざって一枚の見ごとな石皿があるのを発見する。その石皿は、

「一尺ばかりの黄色っぽい皿で、おもてに淡い藍で水草の絵が描かれてゐる。そして、水がお釜の縁にあたって微かに渦まくごとに、皿の薄青い水草もゆらゆらと揺れるやうにさへ思はれた」

私は水中をのぞいたが、そこにはそんな美しい皿もなく、メダカもいなかった。

少し行くと、道ばたの小高い畑の石垣のはしに、黒い丸い玉が掘り出して並べてあった。見ると、畑では夫婦者がまっ黒な八ツ頭みたいなものを掘りあげている。それ何かね？と声をかけると、こんにゃく玉だよ、と男がいった。十一月ごろ、葉が枯れると掘り出して貯蔵し、翌年の春また植える。始めの年は里いもぐらいの子いもを植えつけるが、三、四年たつと八ツ頭ぐらいか、もっと大きくなる。それからこんにゃくをつくるのだそうである。

その晩、金峰館では自慢のこんにゃく料理を食べさせてくれた。生まいもからじかにもつくるし、また切って乾燥し、粉にしてもつくるのだそうだ。

＊

こんにゃく玉を切って乾燥している風景は、西上州の八倉《ようくら》という部落で見かけた。神流《かんな》川沿いの山峡は私の好きなところである。鬼石《おにし》から万場を通り十石峠までの長い長い谷あいを行くと、山鼻をまわるごとに部落が次から次へと現われてきて楽しい。ずっと奥まで入ると、乙母《おとも》、乙父《おっち》などというられしい名のところもある。その乙母に今井屋旅館というのがあって、家造りも庭も旧家の趣きをもっていて好きな宿屋だ。

もう十一月も末ごろだった。この宿に泊まった翌日、八倉峠を越して下仁田へ出ることにした。宿の出がけに、前夜出たこんにゃく料理のうまかったことをほめると、主人がいった。この辺から下仁田にかけて、こんにゃくの産地でしてね、粉も売ってますから、それを買っていけば、自分でもつくれますよ。九十パーセントが水ですから原料はわずかですみます。

八倉峠へは尾附《おづく》という部落から神流川支流の谷を登っていく。両側に岩肌を露出した急峻な山が高く迫って、西上州特有の景観である。谷は美しい岩石がいっぱいで、それを眺めながら歩くのも楽しい。〝この谷での採石は禁ずる〟という立札が眼につく。三波石など、秩父古世層の美は神流川特有のものだが、どんどん採石されて少なくなってしまった。

しかしこの谷だけはまったく荒らされていないから見ごとである。

やがて山室という部落があって、それを過ぎると橋倉部落、小ぎれいな家造りの家が集まっていて、軒にはつるし柿がいっぱい、川を隔てて眺める風景はいいものだ。

ここで道は谷を離れて上の八倉部落への急登になった。幾曲りもする坂道で、村のおばさんといっしょになった。道々話しながら登っていく。

おばさんはいった。この上の八倉は、こんにゃくづくりの部落だが、このごろ若いものがいなくなって困ります。みんな都会へ出てしまって土地には居つきません。嫁にきてくれる娘さんもありません……。

登りつめてみたら民家がかたまっている。軒下いちめんに白いものが縄で連珠にしてつるしてある。こんにゃく玉の乾燥です。これを下仁田へ出荷すると製粉工場があって、粉になります、とおばさんはいった。

この部落を過ぎると、もう人家はなかった。峠まで静かな樹林の道がつづき、背後に両神山や二子山がひときわ大きく、立派にのし上がってきた。峠には古い石地蔵がさびしく草の中に立っていた。

＊

夏のさかり、こんにゃく畑は、大きな葉がばっさばっさ広がっているだけで、あまり見ばえがしないが、まだ葉の出ない芽ばえのときは見ものである。それに見惚れたのは、やはり同じ西上州の荒船山の下りであった。

その前日、私たちは下仁田から南牧《なんもく》川沿いに入り、黒滝不動などをまわって、荒船山の南麓にある勧能へ行って、玉成館という温泉宿に一泊した。翌日、羽沢という部落から南牧川と別れ、支流について星尾峠への道を登っていった。途中、最奥の星尾部落は段々畑の斜面にあって典型的な山村風景を見せ、背後に立岩という裸の岩峰が折からの新緑に埋まった山の上にそそり立っていて立派だった。

星尾峠から荒船山の上へ出て、レンゲツツジの咲きつづく平らな山上を歩き、北東の相沢部落のほうへ下ることにした。荒々しい岩壁を背に急坂を下っていくと、そのうちに畑が現われ始めた。斜面には段々畑がつづいていて、道はその畑の間をめぐりながら下っている。その畑がみんなこんにゃく畑だった。

こんにゃくは五十センチぐらいに伸びて、新芽を出しはじめていた。赤味を帯びた太い茎（じつは葉柄）はかすり模様の斑点のある上衣を着ていて、その茎の先端が破れ、そこから緑の新芽が吹き出している。ウラシマソウによく似ている。

ウラシマソウは毒草で、樹林の中など、うす暗いところに一本にゅうっと生えていたりすると、薄気味の悪い植物だが、この畑のように明るいところに、無数といってもよいほど行儀よく並んで植わっていると、不思議な集団美を描き出す。まだ新芽を出しきらないだけに、単純な形が異様で、じつにおもしろい。それを見て、こんにゃくは食べものとしても一風変わっているが、植物としても異端者だなと思った。

ここを下りきって相沢の部落へ出た。はげしい夕立になって、雨に煙る谷道を歩き、三《み》ツ瀬《ぜ》からバスに乗った。バスは全国一のこんにゃくの集散地、下仁田行きだった。

今井雄二（いまい・ゆうじ）一八九八年生まれ。一九八四年没。随筆家。

鎌仙人
――富田治三郎のこと

秋山平三

ある夏の午後、雨の雲取《くもとり》山の家（現雲取山荘）の大きなストーブのある土間は、登山者で蒸れていた。かれらの瞳は期待と不安で入り混った、奇妙なそれであった。何故なら、その中で長靴をはき、坊主あたまに手拭《てぬぐい》ではち巻をした、中年の精悍《せいかん》な男が、怒鳴っていたからである。わたしと仲間のSはおどおどしながら、その男の怒鳴り声をきいていた。山をはじめて間もないわたしたちは、山小屋などへ泊まるのは初めてであり、ずいぶん荒っぽいところへ来たと思いはじめていた。

「お前らはどこから来たのか？　なに、三峯《みつみね》だと、それなら、あとすこしあるくと三条ノ湯があるから、そこまで頑張れ。まだこの時間じゃ充分間にあう」

そのパーティはそんなことを言われて、ショボンとしていた。そしてその中のリーダーとおぼしき男が、なおも口をきわめて話しだすと、坊主頭は「だめだ。もっとおそくなってから、疲れはてた連中がジャンジャン来るのだ。そいつらのために、場所を確保しなくてはならない」。ついにそのパーティはブツブツ言いながら、小屋の外へ消えていった。

よく気をつけてみると、泊めてもらう人数よりも、表へはじきだされる方がはるかに多いのだ。わたしとSは改めて顔を見合わせ、どうなることかと隅の方で小さくなり、なるべく目立たないようにしていた。

「オイッ、そこの高校生」。とうとうわたしたちの番になってしまった。かれはわたしたちの姿を上から下まで見ながら、型どおりの質問をした。「氷川《ひかわ》（現在、奥多摩駅）から日原《にっぱら》行きの一番バスにのり、小川谷林道から酉谷山《とりだにやま》へのぼり、長沢背稜を通ってきた」と答えると、しばらく考えていたかれは、ポツリと言った。

「ヨシ泊まれ。山をはじめたては無理をするからいけない。早くぬれたものを着がえなさい」

わたしたちは夢見心地で、そのことばをきいた。ともかく宿泊を許されたのだ。早くこのこわい男から見えない場所へゆこう。そしてストーブの右手にある薄暗い部屋への階段をおりていった。そこにはすでに、ガヤガヤと雑談しながら満員に近い人数がうごめいていた。

かれらの話の断片から、例の坊主頭の男がこの小屋の主人富田治三郎であり、別名「鎌仙人」として、奥秩父《ちちぶ》を訪れる登山者間では、知らぬもののないくらい有名であることも耳にした。「鎌仙人ってアダ名か、どこかできいたことがあるぞ」Sは考え考えそんなことをもらしたが、やがて「ああ、思いだした。兄貴の友人がずいぶん昔に話してくれたっけ。まさかこの小屋のオヤジだとは思わなかったナ」

Sの話を要約するとこうである。

かれの兄の友人Aは、山が好きでこの富田治三郎と仲がよかった。で、いつものようにこの小屋へ来てトグロをまいていたとき、学生風の三人連れが、一泊したいと立ち寄ったのである。すでに夕闇がしのびよってくる頃だった。ふたことみこと、くだんの学生たちと話をかわしていた富田治三郎は、いまから鴨沢へ下れと言いだしたのだ。これには学生たちがおどろいてしまった。しかしかれの見幕に抗すべもなく、トボトボと表へ立ち去っていった。「とんでもねえ野郎たちだ、学校をサボって山へ来てるんだ」。かれはさもいまいましそうにこう呟やいた。

知らぬ間に富田治三郎の姿は消えていた。Aはしばらく待ってみたが、ひるまの疲れのためねむくなってきたので、あたえられた部屋へひきこもってしまった。

翌朝になると富田治三郎は、いつものようにストーブへ薪をくべていた。「富田さん、ゆうべは、いったいどこへいったのだい」「ウム、あの学生どもにああした口をきいたけんど、心配になって、無事おりられるかどうか、連中のあとを見えがくれについて、鴨沢まで往復したんだ」

Sの話をきいたわたしは、感激してしばらく口もきけなかった。ああ、さすがに厳しい山の中で生活している者だけのことはある。筋金が一本キインと通っている。だから、あれだけのことをズバズバと言ってのけるのだ。富田治三郎には、山男として小屋番としての自信が満ち溢れている。考えてみると、先ほど表へだされたものは、まだ余力というものがたくわえられているようにみえた。

　そのうち部屋のなかは、わたしたちのような仲間で一杯になった。小屋の若者であろうか、蒲団などを手ぎわよく運んでいる。一段落ついたところ、富田治三郎は姿を現わした。雨の音が一段とはげしくなってきた。

「みんな、きいてくれ。この雲取山は……」と、そのいろいろなエピソードを語りはじめ、最後にこうつけ加えた。「いま降っている雨は、明朝のご来光のころはやむ。そして、わずかだが日の出がみられる。しかし、それから一時間もしないうちに、雨は今夜と同じような強さになり、一日じゅう降りつづく。だから、みんなは一番近い鴨沢へのコースをとって、すみやかに下るように」。

　朝が来た。雨はやんでいる。わたしたちは食事もそこそこに小屋をとびだした。雲取山頂までの二十分余の登りは原生林のなかの好ましいプロムナードだ。わたしは富田治三郎の昨夜の話を反芻しながら頂上についた。そこはすでにご来光を待つ人たちであふれるばかりである。空模様はどうみても、これから雨がひどく降るような様子はない。東の方角には、奥多摩の山やまがこじんまりとした、たたずまいをみせていた。

　山頂にいた大部分の登山者は、通称石尾根といわれる明るい尾根道を下っていった。わたしたちは、ためらわずに西の奥秩父主脈縦走路へ足を踏みだした。三条ダルミまではわずかだが、膝のガクガクする急坂の下りだ。

狼平を過ぎたころ、急に濃いガスがあたりを覆い、沛然《はいぜん》として雨が降りはじめた。

富田治三郎の話は適中した――。それに風さえ出てきたようだ。これから飛竜山を経て、ミサカ尾根をサオラ峠から丹波山へ下るには、あまりにも遠い道のりだ。その頃のわたしたちは、若さにまかせて、計画したコースは全部歩かなくては気のすまぬ、妙な考えに支配されていた。

風雨をおかしてなおも進んだ。雨具がわりに着たヤッケはすでにズブ濡れで、すこし立ち止まると、夏だというのにガタガタした寒さに襲われる。わたしたちの歩行は遅々として進まなかった。「雨は強くなり一日じゅう降りつづく、降りつづく、降りつづく……」富田治三郎の声がグオーンと鳴りだした。先頭を歩いていたSが、すこし緊張した顔で振り返った。そして口をこわばらせながら言った。

「オイッ、鎌仙の言ったことって、あたったナ」

「ウム……」

「癪だけれど、もどるか。先ほどの三条ダルミから三条ノ湯へもどれば、何とかなる」

わたしたちは、元へもどりはじめた。ゆきは夢中でわからなかったが、三条ダルミまでは意外と細かい上下があり、体力を消耗した。

やっとのことで三条ダルミへ到着した。風雨の強さは相変わらずである。そこの指導標には、三条ノ湯への所用時間と雲取山の家へ捲《ま》き道を経てゆくそれが示されていた。雲取山の家への方が時間的にはるかに容易である。わたしたちは疲れ切っていた。そしておたがいの顔を見合わせた。格好がわるいが、この際はもう一度、山の家へ戻るのがよいというのが、間もなく出た一致した意見だった。

雲取山西面の捲き道は、あまり歩かれていないためか、非常に歩きにくく、おまけに雨のため、道に張りだしている木の根がよく滑るのだ。わたしたちは、そのためにたびたび足をとられた。やがて、今朝出発した山の家の前に立った。しかし、すぐに入るのがためらわれた。雨は容赦なく叩きつけている。何としても寒かった。

わたしたちはオズオズと小屋の戸をあけ、例のストーブのある土間へ入った。だれもいなかった。荷をおいてストーブの前に腰をおろした。それには幾らかの温みがのこっていた。そのとき、人の気配を感じ、あわてて顔をあげると、富田治三郎が無表情のままつっ立っていた。わたしが口ごもりながら「あの、もう一晩ご厄介になりたいのですが」と言うと、かれはわたしたちのズブ濡れの姿を、冷やかに見やりながら「いうことをきかなかったナ」とただひとこと呟やき、ストーブに薪をくべはじめた。たちまちそれは音をたてて燃えだした。間もなくわたしたちの全身からは猛烈に湯気が立ちのぼった。

人心地のつきはじめたわたしたちの横に、富田治三郎はどっかりと腰をおろした。そして諭すような調子で話しはじめた。「山だって機嫌のわるいときがあるもんだ。むしろそんなときの方が、多いかもしれん。さからっちゃあだめサ……」

わたしたちはそれから、こんこんと山の知識をたたきこまれた。そして最後に、かれはこんなことをつけ加えた。

「このぐれえのこんで、山を嫌いになっちゃいけねェ」

秋山平三（あきやま・へいぞう）一九三六年生まれ。書家（雅号・丹溪）。

栄作ジイ

——牧人小舎のある日——

立岡洋二

なにかというと自分の肩書きをひけらかすのが、この土地の村のひとに共通の性癖だから、あまり気にもかけないでいたが、土地改良委員の要職にある栄作ジイが、毎日のように顔を見せるとなると、なにかむずかしい問題があるにちがいない。踏みあとの消えた雪の道を、部落からの急な勾配をのぼり、首にまいた手ぬぐいのさきで鼻汁をなでまわしながら、足しげく通ってくる。

特別な話でもあるのかと思うとそうでもない。変哲のない世間ばなしのあいだに、音をたてて茶をすすり、嫁にいった娘の噂をし、むすこの嫁とりの苦労を、アクセントの強い聞きとりにくい方言でしゃべったりする。

小舎にお客さんのいるときには、邪魔になるら、と愛想をふりまき、誰もいない午後は、炬燵《こたつ》にあぐらをかいて、しらがまじりのひげのあいだに、悠然とたばこをくゆらせていた。

小舎を建てて三年、それ以前の山歩きのころからかぞえれば、十年以上にもなるなじみの土地とはいえ、村のひととの交流もなく、気心の知れない私にしてみれば、それは、どうにも歯切れの悪い状態であった。村里の小屋の、しかも住民登録もすませた、れっきとした村民なのだから、もっとうちとけたつきあいができてもよさそうなものだが、どうもうまくいかない。私にも遠慮があり、村のひとも、なんとなく気がねしている。放牧場に通じる林道の途中にある小舎の前を、村びとは奇妙に不機嫌なつくり顔をうつむけてのぼっていく。私もまた、挨拶の言葉がうまく出てくれない。なんとなく、うとましかった。

好んで疎遠になったわけではないが、山小屋にひとり住まいの私が、村のひとの常識に異端であり、通常の近所づきあいの連帯と同調しないのが当然であるならば、無理な交際からくる軋轢《あつれき》をさけたまでのことである。村のひととのつきあいは、ほとんど栄作ジイひとりだけで、私には、それで充分であった。

栄作ジイは親切なひとである。若いころによその土地に出て、苦労したというだけあって、この土地のひとにはめずらしく、シチメンドウクサイことをいわないジイさんだった。

都会人に対する気がねもなく、言うことに遠慮がなかった。「総出」という部落の共同作業には、「出不足」といって、労力のかわりに酒を買う便法をおしえてくれたり、自分ではほとんど飲まないくせに、総体に酒好きな寒い土地の村びとに、効果的な酒の効用をおしえてくれたりした。

そうして用事のあるときには、先方から顔を見せ、私にしても、村との折衝の場合など、まず相談をもっていくのが栄作ジイだったから、気心の知れたとはいえないまでも、かなり遠慮のいらない関係になっていてもよいはずである。そのジイがどうも妙だ。言いたいことの中心にふれるのをさけて、いつまでも愚痴るような口ぶりでグズついている。

昔話しは老人に共有のくせであり、若いころの自慢ばなしならば平凡だが、部落発祥の昔語りとなると、裏になにかを勘ぐりたくなる。いまも、栄作ジイはそんな昔をはなしていった。

「牧人《ぼくじん》さんよ（と村のひとは私をよぶ）、つり堀でもこせえねえか、ここにきて、三年になるずら」

「はい、そうなりますが、で、それと、つり堀ってのは、どういうことになるんです」

「どうってこんもねえ、上の共有地に堰《せんぎ》があるら、あっこなら、池、掘れるでね」

と、そんな会話があって、また世間ばなしをとりとめもなくしゃべったあとに、唐突に村の問題について解説をはじめた。

「共有地なる土地のこんだが、あんなごしてえとこはねえもんだ。明治二十年のこんだが、上田の裁判所サマ話もちこんで、共有地にきまったちゅうが、なんでも、オレのイトコの嫁のジイサマなるひとが部落長で、一日で上田往復したちゅうこんだ。昔のひとはえれえもんで、十八里の余はあるら」

「それは大変な距離をねえ、それで、共有地というと、なにか紛争があったんですか」

核心の知れない話と、ジイの言葉も不明瞭だったから、私は共有地という話に、つぎ穂を見つけて、そうきいた。

「紛争ちゅうこんもねえ」栄作ジイの顔が、えたりとしたり顔になる。口調もいくらか歯切れがよくなった。「Mちゅう村は、元をいやあ、川上の村から出たもんで、川上の炭焼のむすこ三人がここに住んで、つくったのがM部落ちゅうこんだ」

ジジイの顔を見つめながら、私に思いあたるところがあった。足しげく通ってくる栄作ジイの真意は、どうやら共有地にあるらしい。

これについては、私にもいくらかの予備知識がある。小舎を建てるとき、用地である共有地の一画を借りるについては、うるさい問題があった。

この共有地は、ふたつの字《あざ》の共有財産である。しかも、その字の属する村は、現行の行政区画において別の二村であり、過去の激越な紛争を考慮するとき、ことあたらしく表面化する愚をおそれて、二村ともに手をつかねていた問題の土地だったのである。

したがって、火山の裾の高原がしだいに耕作地に開拓されていくなかにあって、かなりの部分、原野というにふさわしい荒寥《こうりょう》をのこしていた。そこに目をつけたのが私であり、どうせ空いている土地だからと賃貸したのがM部落であった。契約は私とMのあいだに交され、川上の村との相談のない、いわゆる黙契《もっけい》だったから、共有地問題の表面化した場合には、当然、私の存在が争点となるはずの場所であった。

「といいますと、ここと川上は、ほんとうは、おなじ村ってことですか」

話のさきをそらすつもりで、私はそうきいた。すでに問題が表面化しているのならば、いまさらつり堀でもあるまいものを――、私は意地悪く、反応のない態度をよそおった。

これは契約のはじめから予想された事態であった。M部落としても、私の賃借地を山小屋経営地として限定しており、私も念書をいれて、共有地権を放棄してある。しかも、反対条件として、立ち退きを余儀なくされた場合の条項も明文化されていた。

「そうさな、元をいえば、そうなるら。吉沢、新海、井出沢の三つの姓があって、本家に分家、あとは新宅《や》ちゅうこんだ。この三つが御先祖さまからのMちゅうわけのもんだ。川上から出た御先祖だもんで、ここは、Mと川上の共有地ちゅうことずら」

私には、話の本意がどこにあるのか、まったく見当もつかなかった。M部落の構成ぐらい、三年も住んでいれば充分に承知している。

それは、当の栄作ジイからなんども聞いた。

「Mの部落は六十二世帯。あとからの衆《しゅう》は下の店と雑魚沢《ざっこんざわ》のジイに牧人さん、と三人になる」

「誰か、つり堀をはじめるんですか、共有地に」

「そういうこんでもねえ。牧人さんがやらねえかと思ったで。オレは長いこと、土地改良委員だもんで」

栄作ジイがその要職にあることは、なんども聞いた。私は少し、いらだたしい気持になっていた。

「私に共有地の権利はないことになってるんですよ」

「その書類も見た。オレは委員だもんで。でまあ、共有地なる土地のこんだが」

栄作ジイは、ようやく本題にはいるかにみえた。ジイの話によると、長いこと共有地だった土地を、M部落が買いとることに決定した。農協からの借金もきまった。あとにのこる課題は、戸別の負担額と土地の割譲だという。

「牧人さんに権利がねえらしいが、そうなると店も雑魚沢《ざっこんざわ》もねえことになるら」

「そんなこともないでしょう。それで、どうするんです、ここを」

私にすれば、共有地の権利よりも、原野がどうなるかが心配であった。火山の裾の、ひとの手のはいらない原野というのが、私の小舎のめぐまれた立地条件である以上、別荘地造成でもはじめられたら、それこそ致命的である。

「そうせ、牧草地ちゅうこんになるら、まだ、きまったもんでねえ」

よごれた手ぬぐいを首にまきなおし、栄作ジイは帰りじたくをはじめた。

いつものように、結論のない不得要領の話であった。要約すればこういうことになるらしい。川上とMの共有地をMが買いとることになった。原野を開墾して牧草地をつくる。

土地の分割をどうするか、負担金をどうするか、問題はふたつである。栄作ジイの言葉を借りるならば、御先祖さまにつながる村びとと、あとからの衆《しゅう》をおなじ権利と義務の関係におくかということであり、要するに、よそものにも土地を分割するかしないか、負担金を均等に賦課するかいなか、それが問題であるらしい。

そして、さらにもうひとつ、権利を放棄しているはずの私に、つり堀などという話をもちだすところから推して、共有地のほぼ中心にある私の小舎の位置に問題をのこしているにちがいない。

「おごちそうになりやした。これは、ないしょの話ちゅうこんで。共有地なるもんは、むずかしいこんだ。オレは委員だもんで。牧人さんは三年、雑魚沢《ざっこんざわ》のジイは、そうせ、ありゃあ、東京の震災のあくる年だったかも知んねえ」

栄作ジイは、なんどもひとり合点をしながら、古びた長靴に足をおしこんだ……

雪の道をいくらか前かがみに、せかせかとおりていくジイのうしろ姿を目で追いながら、私は、東京の震災というのは、いったい、いつのことなのか、ひとり考えあぐねた。

立岡洋二（たておか・ようじ）一九四〇年生まれ。一九九九年没。作家。

四十曲峠

佐野勇一

米子《よなご》駅から伯備《はくび》線にのったのは朝おそく十時過ぎだった。ディーゼル車ではあったが三輛編成のわびしい汽車だった。それでも車のなかはどうやら満員で、なかにはこの地方特有の荷かつぎのあきんど衆の姿も十数人みられた。

「そげ云わずにもう一枚だがな」

「あだきあ、そげんこた元がきれいわやい」

スカートの裾から三里の灸《きゅう》を三つ、黒々とのぞかせたこうもり傘売りのおばさんが、同じ商人仲間と取りひきをしていた。

これから私が行こうとしている日野の山奥、神代の時代に八岐《やまた》の大蛇《おろち》が住んでいたという、砂鉄の産地、たたらのあるところ、この山奥では、町に買物に出るのにも山越しをして何里もの道を歩かねばならない。その不便さもさることながら、彼等にとっては、街なかのはではでしい店に入って、品物を選んだり値段を問うことが、なんとなくうとましくわずらわしいことなのである。

かつぎ商人達は、そういう家々部落部落をまわって、心やすだてに世間話しをしながら、生魚はもとより塩もの・干もの・海苔・若芽・竹輪・かまぼこなどから駄菓子や乾物類、そして日用品から衣料品や布地、履物に至るまでかついで廻る。その大半は女の仕事であるが、生魚のような重い荷は男の受持ちになっている。

そういう連中が駅ごとにそれぞれ降りて、やがて汽車は、この地方でのちょっとした町である、根雨《ねう》という駅に着いた。

私もその駅で降りて、予定どおりに駅前で待っている板井原《いたいはら》行というバスに、二三人の商人達と一緒に乗りこんだ。

バスは昔の宿場であるこの町の一本筋の細ながい通りを抜けて、左側の山あいに入ってゴトゴトと進んでゆく。道に添って小さな川が支流らしい急流をみせながら、それをかこむように僅かな田が稲穂を見せて連なっている。

二つほど小さな部落を過ぎて、五十分ほどで終点の板井原部落に着いた。商人達はどこで降りたか、私とともに四人の乗客のなかには唯一人の大きな風呂敷包みをかついだ女の人が居るだけだった。

ここも昔の宿場で、松江藩の殿さまが、はるばると参勤交代に上るときのその途中の茶屋のあったところで、いまは家々の軒の庇も朽ちたわびしい部落である。

今日私は、この先のここから一里八町と謂《い》われる四十曲峠に行くつもりで来たのである。

山陰筋から山陽に抜ける中国山脈を越える峠は数々あるけれども、ただ山を越えるだけでなしに、こちらから先進地の近畿地方に出るための、この峠道が、この地方では最も重要なものとされている。以前は出雲《いずも》・伯耆《ほうき》からの京阪地方との交流はみなこの峠を越して行ったもので、ここから美作《みまさか》の新庄に出て、そこから勝山・津山を経て姫路方面に抜けるのが最も普通の道路であった。随って、後醍醐天皇の隠岐《おき》の島遷幸の足跡も、藩公の江戸出府の道筋も、みなここにしるされている。そして出雲の鰻《うなぎ》の生きたのを籠に入れて走りながら京阪の市場に送り出したのも、郵便物を赤い郵便車に積んでガラガラ引っぱって通ったのも、鉄輪の人力車に鼻引きをつけて、急用をおびて越したのも、みんなこの峠道だった。

山がすぐ海にせまった山陰の沿岸添いには、満足な路がなく、もちろん鉄道もなく自動車などのない時代のことであるが、この状態はごく最近まで続いていた。

私もいままでに何回となくこの峠を越えたことがある。

一番はじめに越えたのは今から三十年ぐらいも前で、自動車屋をしていた友人に誘われて、彼のボロ自動車に乗せられて登ったときである。峠の急坂にさしかかるとそのボロ車は何遍となくエンストして、そのたびに後ずさりをして危くてしようがなかった。とうとう友人に頼まれて、ハトメの材木の切れ端を持たせられて、車を降りてその後について走った。車がエンストするたびに、その木片をタイヤの下に差し込んで後退を防ぐのである。なんのことはない。ボロ車のお守り役をしながら駆けさせられたようなものだった。

その頃、峠には二軒の茶店があった。年ごろの娘のいる店が繁昌して、一方の店の娘が嫁いで居なくなると、もう一軒の店の娘が年ごろになって、こんどはその店が繁昌するといわれていた。

私たちの休んだ茶店には、娘の姿は見えなかったが、谷水に冷したラムネのうまかったことと、十銭だして黄楊《つげ》の小さな鉢植えを頒けてもらったことを覚えている。

それからも何度かしれず来たことはあるが、いつも自動車で通り抜けるだけで、歩いたことは一度もなかった。

いまはこの峠も、東の方の戸倉峠や、ウラン鉱で有名になった人形峠などの改修された自動車道路におされて、すっかり影を失ってしまった。

実は私は、たった昨日、若い人たちに誘われて大山の裏側にある地蔵峠というところを越してみた。この峠も、昔の信仰で大山詣りの盛んだった頃とくらべて、自動車で登る大山国立公園には用のないところとなって、すっかり荒れ果てて見る影もないものになっていた。場所によっては道筋さえもわからないところもあった。

自動車道路か、でなければ廃道か、という今の時世のすさまじさに怖れをなして、一度は是非歩いてみたいと思っていたこの峠道を、今朝の天気にはげまされて、急に思いたって来てみたわけである。

板井原からの道も、長いあいだ手を加えたこともないような石ころのゴロゴロした道だった。左側の谷川の水音が、誰一人通るものもいないあたりにこだまして、単調な登りがつづいている。

やがて木立の間から屋根が見えてきた。峠根《たわね》という最後の部落の一軒屋である。うらぶれた庇に秋の日ざしが光っていた。六十あまりのおやじさんが、前の流れで鎌を磨いでいた。いそぐ旅でもないので、そこの軒端の縁をかりて休みながら、話しかけてみた。

おやじさんが云うには、

この峠も近ごろはさっぱり人が通らず、以前には五軒あったこの部落も、一人逃げ二人逃げていまでは自分たちだけがこの一軒家をまもっています。聞くところによると、なんでもこの峠もトンネルになって、やがては国道級の道路になるとか、そうなったらどうしようかと思っとります。ひとに言わせるとそのトンネルの口に茶店でも建てて商売したらええと言いますが、近ごろは道を歩くものはないのでね――、こんな道でもトラックや荷物を積んだ自動車は通ります。大阪に出るのには道は悪いけど一番近いでね、お蔭でこんなデコボコ道ですわい。昔はこんなではなく、路幅はせまかったが、ええ道でした。死んだ婆さんの話しでは、西園寺さんがまだ子供のころ、山陰道鎮撫《ちんぶ》使とかで来られたときは、この道に砂利まで敷いて迎えたものだそうな、私も若いころに、作州から来た駈け落ちものの二人づれに、米子までのみちのりを聞かれ、誰にも言ってくれるなと言って掌を合せられたことがあります。朝のしらじら明けでした。彼岸の餅がありましたで、二つ三つめぐんであげましたわい。

おやじさんの話しは尽きるところがなかった。そのうち、いろいろ話しているうちに、四十曲峠のもとの道というのは、現在の道とは違っていて、ここから別に、もっと左の山を越える路だったのだそうだ。いまのこの道は明治十八年とかに新道を開いたもので、それまではその旧道を歩いたものだということがわかった。

これは初耳だった。

是非その道も知っておきたいと思ったが、兎も角も目的の峠を登ってみて、それは帰りにしようと思って、お礼代りにザックのなかの梨を一つ出しておやじさんに渡して早々にその一軒家を出発した。

道はここから曲りくねって、登りも急になっていった。林の蔭を通り、電信線の埋没工事かなにかのそのままになった泥路を抜け、新らしく改修されたらしい石崖を積んだ道のなかばが、何時の雨でか陥没した穴をさらけているところを通り、そして路は稜線に向って曲り曲り登ってゆく。もとよりその曲りが四十もあるとは思えなかったが、空を覆ってかぶさるように繁った木の梢、山側ににじみ出た湧き水のあと、そしてそこには遅咲きのいつゆくさやいぬたでやみずひき草の花たちが人影も知らぬげに咲いていた。

すでに午後のひざしとなっていた。曲りに曲り、山を左にすると、そこには乾いた山肌の土により添うような草いぶきが感じられ、しこうどの丈高くぎこちなくのびた枝に、白い花が威たけだかに咲いていた。どこかでキジバトの声もした。

まだ私は昼の食事をしていなかった。どこかで腰でもおろそうかと思ったが、この静寂さにおしながされそうな気がして、私は歩き続けながらザックから黒パンを出して、嚙りながら先を急いだ。

やがてまた一廻りして、両側を削りとった真直《まっす》ぐな路に出て峠の近いことを知らされた。そしてその先に、このわびしい峠道には似つかわしくもない太くたくましい石柱が見られ、それには東宮殿下行幸記念というむなしい文字が刻まれてあった。岡山県と鳥取県との県境であることを示したその標柱は、ここがその峠の頂きであることを知らせていた。

峠は山を切り開いた二三間幅にも足らぬ道で、気づかずに通れば見過してしまうようなところだが、その先を岡山県側にすこし下ったところに、見晴らしのある峠らしいところがあって、そこからは美作の山々が折り重なって、規模の小さい中国山脈の山も、ここからは山なみとして見ることが出来た。

茶店のあったのもこのあたりで、穂を出した薄のむれにかこまれて、わずかにそれらしい跡をとどめていた。

しばらくその辺を眺めまわしているうちに、路の向い側の草むらの中に、丸石の小さな碑を見出した。

供養塔、俗名信蔵のためと記されている。

むかし、松江のさる人が、若いころ、笈《おい》を負って京都に遊学の途次、この峠にさしかかって一人の乞食に遇《あ》った。乞食はただ黙って路ばたにうずくまっていたが、彼はなにがしかの小銭を恵んで立去ろうとした。乞食は顔をあげて、あなたは必ず偉くなって帰って来られます、と云ったとか、先年その人が故郷に帰ってそのことを想い出し、いまは亡いだろうその乞食のために供養をして、ここにその碑を建てたとか——。

人一人通らないこの峠道では、そんな時代めいた話しもなんとなく親しめる気がして、草むらのなかに足を踏みいれて、しばらくそのあたりの秋の虫たちを驚かしていた。

ちょうどその時、作州側のふもとの方から、自動車のエンジンの音が聞えてきた。出てみると山ひだを縫う赤土の道に、埃をあげながら一台の車が登ってきた。鳥取県側とは違う土の色などをボンヤリと考えているまに、その車は追々と近よって来た。

オート三輪の貨物車、運転手が一人乗っているだけだ。とっさに私は、この車に便乗して降りようと考えた。そして車が近づくと、手に持った地図をあげて合図をしてみた。車は私のそばで止ってくれた。こちらから云いだすまでもなく、何処まで行くかと尋ねてくれた。私はこの下の部落まで乗せてくれないかと云ってみた。運転手は黙ってドアを開けて私を乗せるとすぐに走り出した。

かつて私が、ボロ車の後について走ったその同じ道を、いまの私はヒッチハイクというしゃれた真似をしたわけである。

車は大阪のナンバーをつけて、何か建築材料のようなものを積んでいた。

峠根の一軒家には運転手と話す間もないくらいすぐに着いた。

私はここで降りて旧道の方を少し歩いてみたいと思ったのだ。一軒家にはすでにおやじさんの姿はなく、障子の外から声をかけた家の中からは、年のいった女の人の声がして、旧道の登り口を教えてくれた。

それは家の下手の牛小屋の間を抜けて、小さな地蔵さんの前を家の裏にまわって路がついていた。おやじさんに聞いていた通り、それは路の跡だと云われねば気のつかないような草深いものであった。踏みひろげてみると幅は一間位もあるであろうか、一面に草に覆われて踏み跡さえもない荒地にすぎなかった。それでも、ものの五六間も歩くと、それはつづら折りに曲って、はるかな山を目指して進んでいるようだった。

それはほんとに、四十も曲っているかも知れんと思われた。

しばらく私は、その草のなかに一歩ずつ足を踏み入れて登ってみた。

しかし山靴さえ履いて来なかった今日の私には、それはとうてい無理なことだった。

帰りのバスの時間も気になり、軽装を恨みながら、またの日を期してそうそうに諦めて引き返すことにした。

その路のほとりの山際の繁みのなかで、がくあじさいの遅い花を見つけた。それはほんとに花ではない花だった。すでに葉と同じような緑色をして、かたく厚くなって葉脈さえ浮べて、これがあの初夏のころ、薄暗い木蔭で青紫色にかがやくばかりに明るく咲いていた花とは、どうしても思えなかった。

私はその一つを採って、ていねいに地図の間に挿むと、いそぎ足に山を下った。

そして板井原までの道を歩きながら、今日歩いた峠道のことも、かつぎ商人のことも、乞食の話しも、そしてこの私自身までが、なにかしらこのがくの花のように、花ではない花の、はかないものに想えて、――やるせない限りだった。

佐野勇一（さの・ゆういち）一九〇四年生まれ。一九七四年没。元大山山岳会々長。

峠の地蔵

布川欣一

十石峠への道が消えた。

上州・神流川《かんながわ》上流の山中谷《さんちゅうやつ》・白井から登り進んで約二時間。登路の左手に沿った流れが緩やかになり、岸の狭い広がりに造られた椎茸栽培の木組みのかたわらを過ぎて間もなくである。一三四二・八メートルの峰へ続く、この峠道の最後の登りに入ったところ。もう緑の盛りは過ぎてしまった椎の木が多い雑木林の中で、それまで判然としていた登路を、突然、くさむらが覆い隠してしまった。

白井と信州・抜井《ぬくい》川上流の南佐久大日向《おおひなた》とを結び、佐久《さく》盆地から日に十石の米が峠を越えて運ばれたのに由来して名がついたという十石峠街道。白井・大日向間は五里、大日向峠とも五里峠とも呼ばれた。だが、この峠道は、いや、この峠道も、著しい衰退にさらされている。五万分の一地形図のうえで、昭和三十年発行の単色刷図では「聯路《れんろ》」として表わされているが、同四十五年発行の三色刷図では「幅一メートル未満の徒歩道」としても、わされているので、ある程度の予想はして足を踏み入れたつもりだった。それにしても、道が消えてしまうほどとは思わなかった。

「終戦直後は、佐久から上州へ、自転車のタイヤを縄でしばって闇米を運んだもんだ。上州からは芋とこんにゃく玉が出て行ったな」と、白井で聞いた話を思い出す。「生活の道」の、この変わりよう。今や、十石峠越えは、山中谷・坂下から黒川を経て峠に至る国道が旧道にとって変わり、峠の茶屋はすでにない。上州側からの旧道の利用は、沢での椎茸栽培、きのこ狩り、釣りに限られているようだ。途中に四、五ヵ所の木組みがしつらえてあり、スクーターとオートバイの轍が、雨あがりで軟らかい路面にはっきりと刻み込まれていた。

およそ三十分ほどの探索の後、くさむらと何年もの枯葉の堆積の下に埋もれていた十石峠街道は、ふたたび甦った。小さい峰を巻いた峠道は、大規模な落葉松の植林を左に見下ろして、視界が大きく開けた稜線沿いに伸びていく。

二つの頂の間、山稜の鞍部に道が通じている場所に「峠」という字を当てた知恵に、私は脱帽する。「峠」とは、まさに「山を上って下る」場所だ。「とうげ」という音は、旅人が道中の安全を祈って、その守護神に「手向け」することから出たと言われている。私はこの音のひびきが好きだ。この音は、古い旅の習俗をあれこれと想像させ、峠を越えた途方もなくたくさんの人間の感慨に想いを誘われる。峠の字からも音からも、旅人と離れがたく結びついたイメージを与えられる。

私は、瀬戸内海に臨み、背後に山なみが迫るM市の町はずれで小学生時代を育った。そして、朝夕輝きと色を変える海や島々、行き交う大小の舟を眺めるよりは、青空を背景に枝ぶりよく二本の松が立つ稜線の向こう側に、より強い好奇心と憧れを抱きつづけた少年だった。海で泳ぎも釣りも覚えたが、山に向かって恐る恐る既知の領域を広げる斥候兵ごっこのほうに興味があった。蛇の泳ぐ沼に出くわしたり、炭焼竈《すみやきがめ》をのぞきこんだり、路傍に地蔵を見つけたりしながら独り歩みを続けたものの、家から四季眺めて憧れ続けた二本松の稜線へは少しも近づけず、落胆の身を夕陽にさらしながら引き揚げた経験が何度かある。「山のむこうは村だった　村のむこうは海だった」かもしれない。しかし、二本松の稜線の向こう側への好奇心と憧れは満たしえないまま、別の地へ引越してしまった。

視界に立ちはだかる峰や峠に登る。そこに達するやいなや、地平線が足許から消えて出現する新しい世界。その新しい世界を求める行為に私をかりたてるのは、あるいは、少年時代の二本松の稜線への好奇心と憧れの延長線上にあるのかもしれない。幾百、幾万の人が歩いて登り、あるいは越えて視野に収めようとも、おのが足を運び、おのが眼で見るその景観は、私にとって新しい世界である。

峰に登り、峠を越える人の感慨は、けっして一様ではありえない。峠を越えて新しい世界の中に入る人は、通り過ぎてきた世界との訣別を自らに強いねばならぬこともあろう。峠越えとともに、苦難と屈辱をもどらぬ過去へ押しやり、光輝く幻想の未来への進入を想う人もあろう。通い慣れた峠路も、通りすぎる景観、新しい景観ともに、その季節、その天候、そこを越える人の心理によって、表情を異にしよう。

私が一方ならぬ関心を寄せる人々が十石峠を越えたのは、明治十七年十一月七日、紅葉に新雪が美しい日のことである。秩父山塊の渓谷を舞台に蜂起し、大宮郷（現在、秩父市）を「無政の郷」とし、屋久などの峠を越えて神流川筋を山中谷に至り、さらに信州佐久に進出した秩父困民党の農民たちがそれだ。

十一月一日、下吉田村（現在、秩父市下吉田）椋神社境内に集結した困民党の勢力は三千人にも達したという。高利貸への負債据置・年賦返済、減租、さらには、貧民を助け家禄財産をも平均する「世ならし」を目指した農民たちの直接行動であった。「おそれながら天朝様に敵対するから加勢しろ」という思想まで抱えこんだ農民蜂起は、竹槍、刀剣、猟銃をかまえて東京憲兵隊、東京鎮台兵、警官隊との交戦を重ね、十一月四日、農民軍の本陣は解体する。

しかし、本陣の幹部集団の崩壊をのりこえて、関東の平野部へ進出しようとした五、六百名の一隊と、残存の農民たちの組織を改めて信州へ進出した二百名ほどの一隊があった。前者は、四日夜、金屋（埼玉県本庄市児玉町）で東京鎮台第三大隊と渡り合い、十名の戦死者を出して敗れる。後者は、四日夜、上吉田で隊をたて直し、五日には、日尾、藤倉から屋久峠を越えて上州に入り、青梨から神ケ原《かがはら》に達し、六日には、自警団との交戦や焼うち、オルグを重ねつつ神流川渓谷の山中谷を白井まで進み、七日に十石峠を越えて信州に入る。八日、大日向村から東馬流《ひがしまながし》にまで進んでオルグ、打ちこわしを行なって四、五百人にふくらんだ農民軍は、翌九日未明、高崎鎮台兵の攻撃を受けて八ヶ岳山麓野辺山原で解体してしまう。

国会開設と自由民権を謳う自由党が解党式を挙げたのは、同年十月二十九日、秩父困民党の農民たちが蜂起する三日前のことであった。「まぼろしの革命党」のイデオロギーを農民の立場でとらえ直した、自由民権運動史上、「最後にして最高の形態」をもつ秩父事件がこれである。

南佐久郡北相木村から井出為吉とともに秩父事件に参加し、当初は参謀長、後に総理となって十石峠を越えた菊池貫平。秩父から、あるいは上州から信州に入った蜂起の農民たち。山中谷からも人数を加えて、その数は二百四、五十人から三百人という。しかし、彼らの十石峠越えの感慨を想像するには、私の知識は少なすぎる。せめて、その足跡をたどってみよう。

秩父と秩父事件に関心を寄せる四人が、意気投合して事件にゆかりの土地と人をたずね、屋久峠、十石峠旧街道をたどったのは、昨年の九月半ばであった。

屋久峠への道を教えてくれた白いヘルメットの女子高校生は、「少し東側の坂丸峠だとタクシーで通れますよ」とつけ加えた。そう言ってから、けげんそうな表情を残し、スカートをひるがえしてスクーターを走らせた。

障子を張って、一見、蚕部屋だとわかる造りの二階が急坂にへばりついて建つ。庭に立つ欅は、真直ぐ天にのびて、梢を見上げる首が痛い。藤倉・森戸部落のはずれからの急な登りの両側には、稜線ぎりぎりまで丹精こめた段々畑が続く。登りつめて雑木林に入る手前に小さな地蔵がある。年代も確かめられぬほど風雨にたたかれて、なお、峠に立ちつくす地蔵をなでながら、秩父の渓谷と村落への別れを確かめる。

木の間越しに見える神流川流域と青梨部落は、なだらかで明るく農地も流域近くに限られながら広い。もう、この道はほとんど使用されぬらしく、土砂くずれや雑草がはびこり、広がるがままにまかせている。

困民党の農民たちが四、五百人もいたとすれば、先頭は峠に達しても後尾は登路の入口にあふれる距離しかない秩父側の登りである。登路の最も短い道を進んで、上州、信州への進出を企った知恵だろうか。青梨への下り方にも、神出鬼没といった奇策を見せたようだ。

稜線を行く十石峠への道は、人の手がていねいに入っている。林道のやわらかい土の感触が靴を通して伝わる。左手の谷を隔てて、山腹を削った自動車道路が見える。

落葉松の幹が並ぶ道ばたに、地蔵が二つ。比較的顔立ちの整った一体は、年代が一字しか読めない。稚拙な像を彫り出したもう一体には、右側に「大日向村」、左側に「白井村」とある。この地蔵は、初めからこの場所にあったのだろうか。両村の位置関係とは、左右が逆になっているからである。植林の都合で動かしてしまった可能性もなくはない。しかも、地図上、群馬県と長野県との境は十石峠なのに、この場所は、水ノ戸よりもはるかに手前だ。しかし、村境を示したと推察できる欅の大木が倒れた残骸が、かたわらに転がっている。県境のほうが、動いたのだろうか。そして地蔵は、雪道に難儀しながら登ってきた困民党の農民たちを、どのような想いで見守っていただろうか。

自動車道路が見えない場所を選んで昼食をとる。諏訪《すわ》山が正面にどっしりと山体を構えているが、曇天のせいか、景観はどことなく冴えない。それでも、徒歩の山旅のフィナーレを、私たちはなつかしく確かめあった。

北相木村から、しばしば秩父を経て東京にも出た井出為吉がたどったルートは、栂峠《つが》から、この十石峠を経て山中谷へ下り、志賀坂峠越えの道だったのだろうか。栂峠、十石峠間は、今はもう、五万分の一地形図からも消され、十石峠一帯を所有する大山林会社の手中にある。大島亮吉が「峠」に記した〝栂峠の地蔵〟は、今も健在だろうか。

布川欣一（ぬのかわ・きんいち）一九三二年生まれ。編集者。登山史研究家。

ちおんばの山

北原節子

ちおんばというのはオキナグサのことである。信州の伊那で覚えた方言だが、ほかでもちおんばと呼ぶところがあるかもしれない。

ちおんばの山は、いまは、私の心の中にふっくりとふくらむ小さな思い出の山である。陽当たりのいいその山は、まだ緑が吹き出す一歩手前の枯草色で、できたてのカステラマンジュウのように、ふんわりと、温かい山であった。枯草色であったが山全体が春めいていたのは、明るい陽射しのせいだったろう。こうして目をつぶってみても、光は枯草の一本一本に宿り、草の上に溢れて陽炎となって燃えたっている。

なんにもないまろやかな草山の頂きに、松の木が二、三本立っていた。一本が三股に枝を分けていたのかもしれない。それから、なにもないまろやかな傾斜がひろびろと続いて、麓を眺めながら腰を下ろしている私たちの、爪先のずっと下の方からまた、緑の森が拡がっていた。

誰と一緒であったのか、私はいま、私たちといったが覚えがない。ほんの暫く通ったその村の小学校でのたった一度の遠足がたしかこの山だったのだけれど、ちょうどその日、私は熱を出してしまった弟につき合わされて遠足をやめ、リュックのおやつを縁側で淋しく食べたのを覚えている。

してみると、あとは叔父たちでしかない。父は山好きだったが出征しているはずである。多分、春休みで東京から帰郷していた叔父たちに連れられていったものであろう。

水無山といった。

しかし、村の人はみんなただ水無しとよんでいた。水の無い山だったから、単純に水無しという名称をつけたのだろう。「水無しにいくなら、水筒を忘れちゃならんぞえ」と祖母にいわれたけれど、私の記憶の中では誰かがコップ一杯の水を谷に下って汲んできてくれたばかりか、水底の砂が金色に輝く小さな流れに口をつけて、ごくんごくんと心ゆくまで水を飲んだ思い出がある。もっとも、小さな流れといってもほんの小さな浅瀬で、夏にでもなって水が涸れれば消えてしまうのかもしれなかった。

村は中央アルプスと南アルプスに挟まれた伊那谷の、貧しい寒村であったけれど、朝夕に西駒ヶ岳や仙丈岳の姿を仰ぐ贅沢《ぜいたく》な風景に恵まれていた。だが村人にとって、農耕の目印にはなったかもしれないが、山々はただそこにあるというだけのもので、人々はどんなに豪華で贅沢な風景を自分たちのものにしているか気付かなかったし、それらの山が直接に村人と関り合いを持つことも殆どなかった。御嶽《おんたけ》山のような信仰の山でもない駒ヶ岳や仙丈岳は村の人が遊んだり登ったりするために出掛けていく山ではなかったのである。

村では山へいくといえば、自分の持ち山か大抵の場合、村を見下ろすところにある八幡様の山であった。水無しにいくということは、私たち子供にはこの世で最高、最奥の山へ出掛けることであって、それは遠足でいくか、身仕度を整えた猟師たちが獲物を求めて入っていく遠い山であると思われていた。

八幡様の山は村からは目をあげればすぐのところに眺められたが、水無しは、「あっこの山のずっと奥だ」と、八幡様の遥か彼方を指さされるだけで、姿を望むことはできなかった。私は見えないために、よりいっそう、水無山を奥深く、鬱蒼《うっそう》とした樹木に覆われた山として想像していたものであった。

＊

だが、思いがけなくも、たどりついた水無山は明るい枯草の山だった。そして、思いがけなくもその草山には、ちおんばがいっぱい咲いていたのだ。

彼らは、いいえ彼女たちは、まるで光を避けるように、心もち柔毛に覆われた花苞を下に向け、群を成さず点々とあちこちに散らばって咲いていた。中にはもう、白いぽあぽあの翁になって、風に揺れているのもあった。――それはすばらしい花の宝庫であった。

見るより早く、私たちはその花を摘んでいた。咎める人はだれもいなかった。咎めるはずもなかった。ひとつを手折る時、目はもうひとつ先の花にそそがれ、もっといい花があれば惜しげもなく、手中のしおれて醜い花は捨てられた。

花はあたり一面に咲いていて、手折ること、捨てることになんの思うこともないのであった。

ビロードのような濃い陰影をもつちおんばは花びらの内側が黒みを帯びた深い紅色で、それは、その頃私の家にいた女中が冬になると霜焼けの指先を針でつついて血を出しては、こうすると痒みが止まるといっていた、暗紅色の血の色と同じであった。彼女はそれを死んだ血と教えてくれたが、私は子供心にちおんばという名はちという言葉の響きからもあの血の色と関係があるのだと、ひとり勝手に決めていた。

なにやら俯いて秘めごとでも大切にかかえ込んでいるかに見えるが、この花は、陽にかざすと美しい鮮紅色に燃え上がった。恥ずかしげな容子の中に意外な情熱を包み隠している、そんな姿も血のイメージに結びついたものかもしれない。その一方で、ちおんばのおんばは、白髪のそそけ立ったおばあさんなんだと思っていた。このあたりでは、雪の夜にやってくる怖いおばあさんは雪おんばであったから。

私たちは、両手に余るほどの花を摘むと、眺めのいい草原にごろんとなった。梅干を入れて焼いた握り飯を食べていると、どこからともなく大きな赤い蟻《あり》がやってきた。「刺されると痛いぞ」といわれ、蟻がくると、夢中で追い払ったり逃げたりした。

頂上からは眼下にぼんやり霞のかかった広い伊那谷が見渡せた。このあたりは伊那谷がいちばん巾広く拡がって沃野をつくっているところである。霞の底がなにか冷たく、黒々として見えたのは、やはりまだ緑に早い季節であったからだろう。

私たちは、たちまち、山の上から、自分たちの住む町や村を発見して、その愉しみに夢中になった。

「あそこが伊那町、あそこが美篶《みすず》……」

だが、点々と散らばる集落は信じられないほど小さくて、まるで箱庭の世界を眺めているようであった。いちばん大きな伊那町でさえ、ほんの一握りの小さな家の集まりであった。

南に遠く一筋、掃いたように天竜川の白いきらめきが眺められた。そして、これらの風景の向うに、本来ならば砦のように中央アルプスがそそり立っているはずなのだが、私の心の中にたたまれたパノラマは、遠景がぼんやり霞の中に溶け込んでいる。見えていれば青空に斫《き》り込むような残雪の山がいちばん美しい時だもの、覚えていないはずはない。

ぼんやり霞んだ空と思っていたが、その時、突然雲が切れて一条の光が地上に射した。そこだけ急に生き生きと、へんになまなましい感じさえ伴って、地面が明るく浮き出した。まるでしんとした芝居の舞台である。しかし、いつまで経っても役者は出てこないから、明るさはかえって空しさをよび、一瞬、狐に化かされたような気持に襲われた。

雲の切れめから太陽の光が筋になって地上に射すことも、その時初めて見る自然の不思議なら、同じ地上に雲の影や明るい日向ができることも、その時その山に登って初めて知ったことであった。小学校の多分、三年生になったばかりの春である。

＊

ちおんばを思い出すたびに、あれはどのへんだったのか、もう一度いってみたいと思ったが、ついに訪れる機会がなかった。奥深い遠い山と思っていたが、今度改めて地図を見たら、南アルプスの前衛といいえばいえる、守屋山につづく天竜川沿いの小さな山であった。しかし、ちおんばの山は、私には忘れることのできない山である。生まれて初めて登った私のいちばん高い山である。

もう大分前のことになるが、そのちおんばの山を心の底に置いて、「ちおんば」という童話を書いたことがある。その頃はもうオキナグサという名も知っていたが、私にとって、ちおんばはオキナグサであってはならなかった。オキナグサというと、私には、あの白髪のほおけた姿しか思い浮かばない。

ところが、私の童話を見た母が、思いがけなくもちおんばのことを、こう歌った。

ちおんばのおっかぶろ
髪結ってどこへいく
姉っこの迎えに
姉っこがいなくて泣いてきた
えんえんえん

これを、翁になってしまった花の先に唾をつけて嘗《な》めながら、歌うのだという。唾をつけて嘗めるのは、田舎で母親たちが櫛に唾をつけて娘たちの髪をすいていたその感じである。

ちおんばというのは、どうやら稚児花なのではないだろうか。おっかぶろとは、禿《かぶろ》のこと、幼女のお下げ髪である。白い髪が風になびき揺れるさまは、たしかに、どこか幼女の泣く姿を思わせる。

だが、それっきり、私はちおんばにお目にかかることがない。低い山に出掛ける時は、いささかの期待をしのばせていくのだが、あまり可憐な花だから、昔の私がやったように、余すところなくむしり採られてしまったものかもしれない。

あの水無しに、いまも昔のままの花があるとは思わないが、いつかは訪れてみたいと思っている。いってみれば一本でも二本でも探すことができるかもしれない。だが、私の心の中にふっくらとふくらんでいるあの山も、いまでは無惨な道がつき、草山のてっぺんまで車が入れるようになっているかもしれない。

いってみたいような、心の中にそのまま残しておきたいような、山である。

北原節子（きたはら・せつこ）一九二五年生まれ。二〇一七年没。随筆家。

Ⅲ章

L'HISTOIRE DE LA NUIT

—あむばあ・うむばあ—

大谷一良（絵も）

夜にはあむばあがいるという。あむばあは山が好きなのだという。うすぐろくてやわらかいのだという。あむばあの子供がうむばあである。けれども、まだ誰もじっさいには見たことがない。あむばあに手があるか。あむばあに、顔あるか。うむばあに足あるか。ぎざぎざの山の背中に日がかくれると、森に夜がはじまる。栂《つが》の森は、幾十年も、幾百年ものあいだ、この夜のはじまりが好きだ。だから、つんと鼻にくる匂が、いちだんと強くなる。風が、こっそりと、栂の木の懐に這入り込む。

――ああ、なんといい気持なのだ。

栂の木はぞくっとする。

谷の瀬の音がとおくで聞える森の奥で、あむばあはぞくっとする。うむばあもぞくっとする。

――風よ、吹け。

二人共風の音が好きだ。

七番星が輝きはじめる頃には、山の背中は真黒だ。森の中は、すっかり暗くなる。

あむばあは、もう何百年ここにいることだろう。ここばかりではない。あむばあはどこにでも行ける。山の稜線だろうと、谷間だろうと。うむばあは、あむばあの子供だからやはり同じである。

ある人は、二人共風にのって行くのだという。だから風が好きなのだという。森が鳴る。あむばあが歩き出す。あむばあが通ると、草がざあっという。林の梢がざあっという。

あむばあはこの音が好きだ。

あむばあは早い。梢の間でもするりと通る。あむばあもうむばあも風のようだ。

だがうむばあは子供なので道草を喰う。そしてそのたびにあむばあは口をひゅうと鳴らす。（この音、聞いたことあるでしょう。）夏の夜のあむばあはいそがしいのだ。その時こわい顔をするという。


さて、その夜、あむばあは東に百里をとんだ。うむばあは西に百里をとんだという。風にのって。

あむばあは稜線の岩の上に立った。月が沈んだ。山は、くろぐろとのびあがる。あちらの山もこちらの山も。みんな手をつないで、あむばあのまわりを踊る。吹き上げる風は山の呼吸である。あむばあはにっこりする。

うむばあは谷間におりた。夜の瀬音は山の笑いである。山の会話である。うむばあは谷から谷をわたる。流れの中の石の蔭に休んでいる岩魚が見えた。水の中で尻尾が縞模様を作っていた。うむばあはにっこりする。

二人が微笑むと身体が大きくなって行く。どんどん大きくなり、山も谷もその中に包まれてしまう。


あむばあは夜の精だという。融通自在の身体は山を包み谷を包み、世界を包む。あむばあのいるところには安息がある。平穏がある。

闇はあむばあの愛である。うむばあの愛である。二人の心は夜のしじまの奥深く結び、それは闇に結晶する。全てはそこで安らい歌う。


森の狐はうす目をあいたが、また安心してぐっすり眠る。兎の尻尾が丸く風に揺られている。だが目を覚まして嘴《くちばし》をかちかちいわせているのは梟《ふくろう》。夜鷹《よたか》が遠くで啼いている。

稜線では雷鳥の親子が丸くなって眠っていた。

谷はうむばあに包まれて声を立てて笑った。

山はあむばあに包まれて息はずませて踊っている。

とおくで見ると、ぴょんぴょんはずんでいる。

——けれども、まあ、そんなにいせいよく動かないでくれ給え。

こうしてあむばあは山々をめぐった。うむばあは谷谷をめぐった。そして二人して森を林をめぐった。なにしろひととび百里だから早いのだ。うむばあは月見草を胸にさした。

（これがあむばあうむばあのお話です。）

やがて、星の光が白くなりだし朝の風が吹くと、二人はいつもの森に戻って行く。その時、あむばあは草の露で顔をふくのだという。

さっぱりするのが好きなのだという。だからどの草も朝露をつけるのだという。

水の月　水の星

――続あむばあ・うむばあ物語――

巨きな岩の上を、なめるようにすべりおりてきた水は、そこでいったん白い泡をつくると、吸いこまれるように、静かなたいらな流れに変わって行きます。

コナシの葉がいちまい、その上を流れて行きました。

空がきれいな紅色に染まったあと、淡い黄色に変わるとみるまに、今度は淡い緑色から青味をまして行く頃、水の色はすっかり黒ずみ、水辺には急に冷え冷えとした空気が漂いはじめました。

この谷間を通りみちにしている風が、高い山の上から、いそいで下の方にとんで行きました。木が、ざわざわと鳴りました。

森の奥から、あむばあが歩きはじめます。うむばあも、歩きはじめます。夜がはじまります。

それから風にのって、あむばあはこの谷間にきました。うむばあも、風にのれば、ひととびです。風は二人をそこでおろすと、またいそいで、下《しも》の方にとんで行きました。いまいちど、木はざわざわと鳴りました。

水は、ちいさな音を立てて、あいかわらず、そこで白い泡を作っています。

二人はしばらく立って白い泡を眺めていましたが、やがて水の中に入って行きました。

水の中にはどこからともなく、青い薄明かりがもれています。ゆらゆらと天井が流れて行きます。たくさんの白い泡のつぶが、すぐそばまでもぐってきては、また浮かび上り、天井を流れては消えて行きます。

あむばあとうむばあは水の中でも平気です。ゆらゆら動く水の中で立っています。

大きな岩魚が向こうからすいとやってくると、またすいと身をひるがえして、もときた方へ戻って行きました。水がひやりと動きます。

うむばあはくすりと笑いました。あむばあも笑いました。笑うと、小さな白い泡が立って、青い天井にのぼって行きます。天井にぶつかると、泡はぷちんとはじけました。

「泡が、ぷちんとわれたよ」

うむばあは面白がって笑いました。笑うと白い泡が次々にのぼって行きます。

岩魚がまた泳いできました。銀色の眼をぎょろりとむきました。

「いわなの眼は、こわいね」

「いわなの眼は、こわくはないよ」

「だって、大きな眼をむいて、ぼくをにらんだよ」

「にらみはしないよ。いわなの眼はこわくはないよ」

そのとき、遠くの方で、どしんと大きな音がしました。

「あの音はなんだろう」

うむばあは、あむばあのそばに行っていいました。あむばあは眼を細くして、その音を聞いていました。

「あれは、山が噴火したのさ」

「どうして山が噴火したの」

「わからない。でも、ときどき、ああいう大きな音を立てて、山は火を吹くのさ。きっと、あの山の上は、いまは火がもえて真赤だろう」

そのとき今一度、もっと大きな音がして、あたりの水が、ぶるんとふるえました。

「ぼく、こわいよ」

「じっとしておいで。たいしたことはないようだから」

あむばあは、じっと耳をこらしながらいいました。

「昔はもっとひどいことがあった。ひと月も山は火を吹きつづけて、夜も昼間のように明るいので、わたしたちはずいぶん遠くから見ていたものだ。百里もむこうから、赤い火が見えて、山は夜も昼も鳴り続けていたものさ。

今の音の様子では、たいしたことはないようだよ」

あむばあのいうとおり、音はもう聞えなくなりました。

「ぼく、もうこわくない」

うむばあが上を見上げると、水はあいかわらず白い泡を作っていましたが、泡は、さっきよりいっそう白く光っていました。あたりも、ずっと明るくなり、天井は、青くあやしく光っています。岩についた川苔も、川底に生えた細い藻も、ゆらゆら水にゆれながら、青い糸のように光っています。

岩についた川苔も、その光を反射してにぶく輝き、ときどきそのあたりまでおりてきた水の泡が、銀青の光を放って、すいとまた上にのぼって行きました。

「どうしたのかしら。あかるくなったよ」

「月が出たのさ」

「月が出ると、きれいだね。

泡が、銀色の玉のようだよ」

水の泡は、さっきよりいっそうふえたように見えました。あとからあとから、泡は次々におりてきて、銀色に光りながら、また青い天井めがけてのぼって行きます。岩魚がまたすいと泳いできては、銀色の泡の間をとおりすぎて行きました。水の音が、少し大きくなったようです。

「あんなにたくさん、銀色の玉がふってくる。銀色の玉も、天井にぶつかって、ぷちんとわれたよ」

「銀色の玉も、ぷちんとわれた」

「でも、どうしてあんなに銀色なの」

「泡は月の光を映しているのさ」

「お月さまは、銀色なの」

「お月さまは、銀色なのさ」

「でも、天井は銀色じゃないよ。青いよ」

「天井は青いさ」

「あんなにあかるく青いよ。

お月さまは銀色だけど、青いのさ」

「どうして銀色じゃないの」

「お月さまは、銀色だけど、やっぱり青いのさ」

「ぼく、わからない」

黒い尾根の端から、月がすっかり顔を出して、せまい谷間を照らしています。谷の水は、月を映して、きらきら光っています。泡が銀色に光って、沈んではまた浮かび上ってくるのが見えます。月は明るすぎて、空には星が見えませんが、銀色の泡は、そこに星が集まって輝いているようでもありました。

風が今度は下から吹き上げてきました。木がざわざわと鳴ると、あむばあとうむばあは、いつのまにか水から出て、ずうっと高い、山の尾根の方にとんで行きました。

あむばあるた

――あむばあの手紙――

〈アルプ〉の七九号と九一号に〈あむばあ〉のことを書いたが、極《ご》く最近、まったく久し振りに、あむばあからの便りを受け取った。これは、ほんとうに思いがけないことだったので、私はすこしいぶかりもしたが、またひどくなつかしくもあり、いそいで封を切った。その手紙の内容は、ここに載せても特にあむばあの怒りを買うとも思えないので後で書き写すことにするが、その前に、私とあむばあとの出合いのことを書いておくのも無駄ではあるまい。

私の自宅から少し行った大通りより駅までは、大通りから斜めに一直線の長い道がある。その七月始めの夜、私はいつものとおり、駅から家まで、その道を歩いて帰るところだった。駅から二百五十メートルほどのところに八百屋があり、その隣りが奇態なことに洋品屋で、次に盆栽屋があり、続いて煙草屋《たばこ》がある。（まったく余計なことだが、私はこの配列はいけないと思う。人の感情を無視していると思う。）私はその煙草屋でその夜のための煙草を買い、ふとうすぐらい盆栽の並べてある棚の方を見た。店じまいの前のこととて中に客はなく、ひどく暗く思えたその店の盆栽の蔭に、あむばあがひとりでいた。私には、私がその方に目を向ける前には彼女はそこにおらず、私の目が向いた瞬間に、あむばあがそこにおり立ったのだ、という奇妙な確信があった。後で考えてみれば、そのくらいのすばやさは、あむばあにとっては何でもないのだが、私はその時の確信が彼女との出合いを決定的なものにしたのだと思う。

周囲は街の灯が明かるくまだ人通りもあり、私に続いて煙草を買った者もあったようだが、その時私はまわりの雑音はまったく感じなかったことを覚えている。

あむばあは私の方を見、私もまたあむばあを凝視した。そうして、お互いに理解した。こう書くと、まるでロマンスの始まりのようだが、むろん、ここにはそんなものはない。一瞬に理解できたことが大事なのであって、出合いとは本来そうしたものでなくてはならぬ。

彼女は何か訳の分らぬことをいった。後で聞けばそれは特に何の意味もない挨拶の言葉だったようである。彼らには昼の生活はないから、いってみれば、こんばんわ、とでもいうことになろうか。〈あむばあるた〉と書けば書き、どちらかといえば、四音目の〈あ〉にアクセントがあり、最後の〈た〉は非常に弱く発音する。だが、これは後で知ったことだ。ついでにいえば、その時彼女ははじめて街に出て来たのだという。それ以後は二度と街に行ったことはないというから、私は街で会ったことはない。前に書いた八百屋の店先に並んでいた大きな夏ミカンのあの光りがいやなのだという。おかしな話だが、いやなものなら仕方があるまい。私たちはあれを食べるのだと話したら、黙ってそっぽを向いた。私はもともと夏ミカンは好きな方ではないので山に持って行ったことはないが、それを聞いてあむばあは安心したようだ。どだい嗜好はまったく違う次元にあるのだから止むを得ぬ。

さて、その晩そこで私たちの見凝め合っていた時間は決して長いとは思えないが、ふと気がつくと、一瞬にして、彼女は消え失せていた。しかし、私にしてみれば、理解できたと知ったことで、時間の短かさは問題ではなかった。奇妙な〈あむばあるた〉という言葉の響きが、なつかしく耳に残っていた。

それから今日まで、あむばあと出合ったのは数え切れないほどある。いずれも山の中であった。私の方からたずねて行くことはできないので、きまって彼女の方からやって来る。不意に私のところにやって来る。そして次第に私がそれを待つようになったのは当然のことだろう。

はじめのうち彼女は、ただ〈あむばあるた〉といっただけで、少しはなれたところに黙って坐っているだけだったが、次第に打ちとけてくると、私にも彼女の言葉が少しずつ分るようになり、彼女もまた、いろいろな話をするようになった。うむばあという子供のい

ることを知ったのもそれからであり、更に大分たってから、うむばあとも会った。

ここで少し彼らの言葉を音読みで書けば、森のことは〈るあも〉といい、谷川や水のことを〈あるあ〉という。山は〈むんとん〉で、行くことは〈とんとあ〉、歩くことは〈るあ、とんとあ〉、飛ぶことは〈るんかい、とんとあ〉となる。さようならは〈あむばありち〉だが、人称の区別はないようである（傍点はアクセントだが、ラテン系言語ほどには強くなく、比較的平らである。仮名の音書きというのは書いてみるとなかなか難しく、この通り読んで、果して彼らに通じるかどうか――）。

私としても、まだすべての言葉を知っているとはいえず、時には判断を要することもあるが、あむばあにしても、うむばあにしても、私の理解の程度にはあまり構っていないように思える。時には私も普通の言葉をつい使ってしまうが、知ってか知らずでか、特に意には介さないようだ。しかし、それにも拘らず、お互いに会話を理解したという気持は後になっても残る。

そうして考えてみれば、このあむばあとの知己は、私の山での生活と思いを巾広くした。はじめは恐ろしくもあったあの暗い闇も、今ではかえって親しいものになっている。彼らが私のそばにいなくても、私は彼らを知っていることで満たされている。風の音が森の梢を揺するとき、その音の彼方に彼らの姿を見ることができる。彼らの飛翔のポーズを思い描くことができる。山に登る思いは絶えないが、それには彼らと会うたのしみも含まれているのだ。

それでは、あむばあの手紙の内容を書き写すことにする。封筒は白樺《しらかば》の皮を器用に使い、どうして手に入れたものか、表には、ちゃんと十円切手が貼ってあった。

彼女の手紙には分り難いところもあり、平仮名と記号が交っているところがあるので(記号は彼らの文字だ)、それを書き直し更に注釈をつけることにする(傍点筆者)。

「おおたに　かず　さん

あむばあるた

[1]あむばあも　うむばあも　じょうぶでたっしゃだむんとん　[2]さりんもふんとど(ほとんどの間違い)きえ　[3]かんち　さやさや　いいにおいです　あるあ　まだちめつく(つめたく)かずさん　およげませんが(誰が泳ぐものか)ほし(星)のしずく(光?)しんしんふりきんいろ　いっぱい　るあもは　は(葉)のにおい　あふれ　かずさん　よろこぶでしょう　きょねんの　いい(きれいな)しらびそぼっくりみっつ(三つ)かずさんに　とってる(とってある)うむばあも　りっぱになり　るんかい、とんとあ　たっしゃです　ぺんじょ(意味不明)[4]さあらさあら　ぴんちるぴんち　るり(大るり)のこども(卵?)もかえりました

うむばあ　あむばあ　ろくげち(六月)かずさん　おいでになりまするを(馬鹿ていね

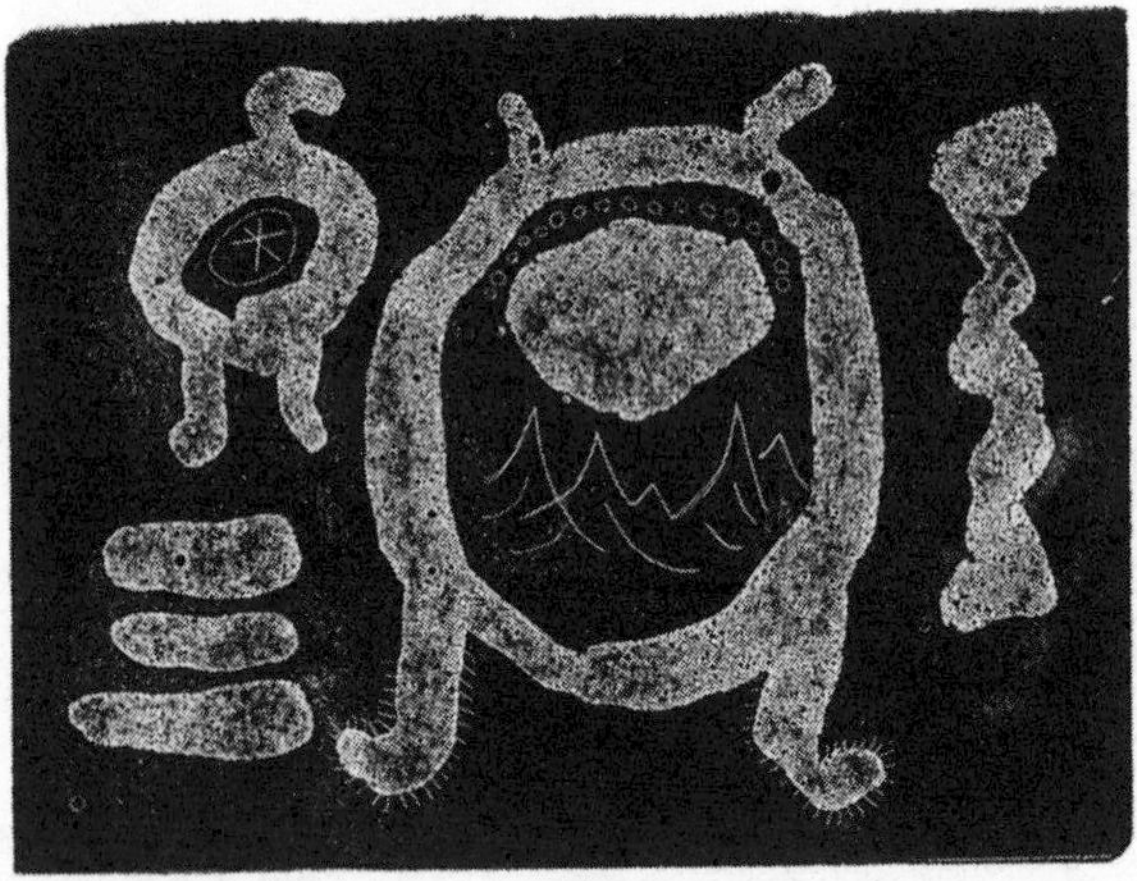

いだ）まちってます（待っています）
　こないだ（このあいだ）ふたりで　しゃしん（写真とは呆れた　驚いた）とったをおくります
　あむばありぃ、ぃ、ちかしこ」

　あらためて白樺の封筒を振ると、青い山毛欅《ぶな》の葉が一枚出て来た。写真とは、これのことか。しかし、これをそのままここに出したのでは、どうもあむばあに気の毒である。仕方がないので、私が三枚ほど、以前彼ら二人を描いたスケッチがあるので、山毛欅の葉は私の引出しにしまい、代りにここに載せることにした。本文に入れてあるのはそれである。

（注）(1)　彼らは自分たちを名前で呼ぶ
　　(2)　さりん・雪のこと
　　(3)　かんち・風のこと
　　(4)　さあらさあら　ぴんちるぴんち・さらさらぴちぴちのことか

大谷一良（おおたに・かずよし）一九三三年生まれ。二〇一四年没。版画家。

Ⅳ章

山村で暮らす

中村為治

私は東京の銀座で生まれました。今から七十年前のことです。そして築地の明石町で育ちました。その頃の東京はいいところでした。銀座通りには鉄道馬車が走っていました。新橋のたもとには博品館という勧工場があって、そこではおもちゃを買ってもらいました。汽車は新橋駅から発車しました。「汽笛一声《いっせい》新橋を」という唱歌があるとおりです。

その頃の東京には、まだたくさんの「自然」が残っていました。あちこちに草っぱらがありました。トンボやヤンマが飛びかい、夕暮にはたくさんのコウモリが飛びまわっていました。ガンも東京の町の上をカギになり、サオになって、飛んでゆきました。大川（隅田川）の水もきれいで、セイゴや黒ダイが釣れました。その頃の東京は空もきれいでした。夕焼け映ゆる西空に、三一会堂の鐘の音が、高く低く、美しくひびき渡っていました。

私は昭和二十年、終戦の年の春四月に、乗鞍山麓の番所（バンドコロ、バンドコ）に移り住みました。自分のようなものは、世の中で暮らすのには不向きだから、山に住んで、僅かな恩給で米を買い、他の食べ物は自分で作って、自給自足の生活をしようと考えたからです。家は、こわしてあった古家を買い、大工に刻んでもらって、その古材を今の場所にしょい上げ、村人たちの助けをかりて、棟上げをし、あとは息子と一緒に、屋根をふき、したみをはり、床をはって、住めるようにしました。その頃開墾組合というのができたので、その仲間にはいり、土地も手に入れました。そして七・八段歩の荒地を開墾し、ジャガイモを作り、燕麦、ライ麦を作り、大豆、小豆を作り、大根、ニンジン、ゴボウ、ネギを作り、キャベツ、白菜を作り、花ヤサイ、レタスを作り、砂糖大根を作りました。「乳と蜜《みつ》の流れる国にしたい。」というのが、私の願いであったので、蜜蜂もかいました。だがこの蜜蜂はひと冬で死に絶えてしまいました。乳をのむために山羊をかいました。山羊は次第と頭数がふえて、十頭にもなりました。乳も十分にのむことができました。だが念願であったチーズを作ることには、全く失敗しました。ここで山羊をかうには、越冬のため、七ヵ月間の乾草を蓄えなければなりません。それは非常な重労働です。それで私は、六十歳近くになって、体力も衰えた時、山羊をかうことを、すっかりやめてしまいました。また畑を作るには沢山の堆肥を入れなければなりません。その上肥料だ、農薬だと、非常に金がかかります。それで畑を作ることも、その頃にすっかりやめてしまいました。ニワトリもたくさんかいましたが、これも、餌代《えさ》がかさみ、つぶすのがいやになったので、やめてしまいました。斜面に土手をきずき、水をためて、池をつくり、ヒメマスもかいましたが、私にあまりよくなずいて、可愛いので、食べる気もせず、ただかっているうちに、みな近所の悪童どもに釣られてしまいました。こうして、乳と蜜との流れる国を作ろうという私の願いは、全く失敗してしまったのです。

けれどもこの番所はいいところです。日本の地図をひろげて見れば、番所は日本全土のまん真ん中にあります。そしてここからは土器や矢ジリが出ます。だからここには大昔から人が住んでいたのです。そしてほんの二十四年前、私がここに移り住んだ頃にも、まだ昔の面影がたくさん残っていました。人々は山を焼いて、山のひら一面にソバを作りました。薪は山の奥できり、川流しをして村まで運びました。またはソリで山の奥から雪道を引き出しました。炭焼きも人々の生業となっていました。今では炭焼きの原木がありません。材木も山奥できり出して、ソリで引き出しました。それよりもっと前、梓川にまだダムができなかった頃には、信濃川の鮭が番所にまでものぼってきたということです。それを昔の番所の人たちは、モリで突いて取ったということです。今私の住んでいるナラノキ坂のあたりは、ナラノキの大木で、昼なお暗いところだったそうです。秋にはそこに一面にシメジが出たそうです。だがこのようなことは、今の番所からはすっかり姿を消してしまいました。

けれども番所はいいところです。春四月になると、大部分の雪が消え、青草が萌え出します。一番先に咲くのが福寿草です。福寿草をここでは雪割草《ゆきわり》と言います。次に咲くのは水仙です。水仙は雪の下でぐんぐんとのびます。次に野生の三色スミレが咲きます。とても可愛い花です。これは十六世紀に描かれたヨーロッパの野生三色スミレの絵と、花も葉もそっくり同じです。そのうちに野生スモモの白い花が一面に咲き、桜が咲き、桃が咲き、梅が咲きます。野イバラの花があちこちにたくさん咲いて、よい香りをただよわせます。六月にもなると、スズランが咲きます。スズランも昔は丈の高いのが到るところに群生していたそうですが、今は小さくなり、数も少なくなりました。また番所花（バンドコバナ）と呼ばれているアヤメが咲きます。そして草地を紫にいろどります。このアヤメも私の来た頃にはまだたくさん咲きましたが、そして山羊がその花をよろこんで食うので、乳が紫色にならないかと心配したほどでしたが、今では数少なくなりました。それからコオニユリが咲き、ヤナギランが咲き、オミナエシが咲きます。前にはガンピの美しい花の咲いているのも見ましたが、今ではもう見当たりません。乗鞍の山の中腹には野生のシャクヤクがあります。桃色の一重の可愛い花です。十何年か前に、私はそれを畑のすみに植えました。その株はとっくの昔に枯れてしまっていましたが、今年、そこから何間も離れたところに、一本の野生のシャクヤクが咲きました。また今年は、これも十何年も前に播いたケシの花のあと地に、思いがけなく、まっ赤なケシの花が咲きました。植物の世界にはこのようなこともあるのだと、不思議にも思い、うれしくも思いました。

夏は草木の繁茂する時期です。このような高冷地では、草木は夏に急速に繁茂して、花を咲かせ、実を結び、すぐに秋になって、枯れるのです。今年の草ののびは驚くほどで、人の背丈ほどになりました。その草の中からぬき出てのびたコオニユリは、六尺を越えました。その中には花を二十もつけたものもあります。

そしてやがて秋になります。秋に最後まで咲いているのはノギクです。白や薄紫のノギクです。そしてノギクの花が終わる頃には、秋風寒く、霜がおり、つめたい雨が降ります。するると木の葉は美しく紅葉します。ヤマウルシの葉が美しく紅葉します。ナナカマドの実がまっ赤になります。紅葉は乗鞍の山の上の方から始まって、次第と麓におりて来ます。春煙るような新芽の美しさを見せたカラマツは、秋には美しい黄色にかわり、やがてその葉は落ちてしまいます。モミジも桜も美しく紅葉します。紅葉の景色は、晴れた日もよく、雨の日もよいのです。それは春の若葉のときと全く同じことです。

そして冬になると、野も山も一面に白い雪におおわれます。雪は十一月から降り始め、十二月半ばには寝雪になります。雪にうずもれた冬もまた最上の季節です。その上このあたりの冬には、青空の晴れた日が多いのです。そして、ストーブで部屋を暖めれば、冬は甚だ快適な季節なのです。そのストーブの火が赤々と燃えるのを見るのは、夏には決して味わえない楽しさなのです。だがその夏もここでは、この上なくよい季節なのです。ここの夏は大層涼しく、私は夏でも冬と同じくらい、ふとんをかけて寝ています。

けれども世の中の移り変わりは、この山奥の山村にも、急速に押し寄せて来ています。昔はソバをたくさん作り、ソバ粉をこねて、丸めて大きなおにぎりのようにし、それを囲炉裏の灰の上で焼いてオヤキを作り、毎日かかさずそれを食べていましたが、今は、ソバもたくさん作らず、囲炉裏もなくなり、石油ストーブに変わってしまったので、もうオヤキを作ることはできません。また昔はヒエを作り、アワを作って、米にまぜて食べましたが、今はもうみな白米を食べるようになりました。どこに行くにも、昔は歩いて行かなければならなかったのですが、今はみなバスに乗り、または自家用車に乗ってゆきます。ここでも今では大勢の人たちが自家用車をもっているのです。

服装もずいぶんと変わりました。昔は山で働く時、糸でこまかく刺した手製のタビをはき、手製のワラジをはき、ハバキをつけ、手甲をつけましたが、今ではもうそのような品物は博物館物となってしまいました。雪袴《はかま》（モンペ）をはき、羽織を着た姿など、ほとんど見られなくなりました。女の仕事着に古い紺ガスリの着物がまだ使われてはいますが、美しい紺ガスリの着物を着た女の子などは全く見られなくなりました。女の子たちは皆ブラウスとスカートまたはズボンなのです。そして男の子たちは、少し大きくなると、みな背広を着るようになるのです。

若者の結婚の相手も、昔はほとんどこの土地の娘たち（ここは美人の多いところです）に限られていたので、村人全体にどこかで血のつながりがあり、誰もがオジと呼ばれ、オバと呼ばれていたのです。そして今でもそう呼んではいるのですが、それでも今では結婚の相手はこの土地の娘たちに限られず、松本はおろか、大阪や神戸にまでも及んでいるのです。それである年寄りのオバなどは、今に番所は大阪弁になりはしないかと、あやぶんでいるくらいです。

赤ん坊が生まれると、お宮詣りの日に御馳走をします。その時には女たちが大勢集まり、酒をのみます。女たちの集まりにはお庚申《こうしん》様があり、御馳走をたべ、酒をのみます。結婚のお祝いでも、大勢が御馳走を食べ、大いに酒をのみます。昔は何日間も大勢で酒をのみつづけ、そのため貧乏になったという人もいます。そして人が死んだ時には、お棺の上に赤い美しい模様のキレをかけ、紙でたくさんの造花をつくり、燈籠をつくり、お供物をそなえ、大勢の会葬者たちは御馳走をたべ、酒をのみ、出棺の時になると、ジャランポンとドラを打ち、会葬者全員が、男も女も、老人も子供も、みな手に一本ずつ花をもち、長い行列を作って墓場までゆき、お棺が土の中におろされて、土がかぶせられると、その上にその花を投げます。九郎オジが死んだときに、出棺のドラが鳴ったときに、誰かが大きな声で、「九郎オジ、元気で行ってこいよ、」と叫びました。その言葉は私に非常に印象的でした。

人は、生きている時には、生きているのです。そして死んだ時には、死んで、この世からなくなるのです。それでも人は、死ぬまでは、いつまでも生きているように思っているのです。ここに来て暮らした二十四年の間にも、たくさんの老人たちが死にました。十何年も前に太郎オジが死にました。太郎オジは人のいいオジで、猪谷六合雄《いがやくにお》氏と仲よくつき合っていました。そしてオジが死ぬと、十日もたたぬうちに、オバが死にました。藤市オジは力の強いオジでした。胃癌で死にました。倉オジは好々爺でした。食道癌で死にました。捨オジも死にました。バクチの大家でした。ここでは昔はバクチが盛んに行なわれていたのです。そして若者と娘との間では、ヨバイが盛んに行なわれていたのです。だがバクチもヨバイも、今はもうなくなってしまったようです。そして酒をのむことだけが、今もなおつづいているのです。

死んだ人のことを言えば、インギャババも死にました。インギャババとは「隠居家のババ」という意味です。しっかりした、いいババでした。念仏ババたちのかしらでした。夜も板の間でごろ寝をすると言っていました。死ぬ前には眼がよく見えなくなっていましたが、それでも元気で、歩いて人の家を訪ねたりなどしていました。そして冬のある晩、身内のものたち、女子供たちと楽しく御馳走をたべ、酒をのみ、楽しく寝て、翌朝にはそのまま死んでいました。その死に顔は、すやすやと眠った、安らかな顔でした。

百五歳にもなる峠のオヤスバーサンは、今も健在で、今も働き、今も焼酎をのんでいます。焼酎は茶碗でお茶代りにのむのです。今も日に一升のむと、その孫にあたるオバが言いましたが、まさかそのようなことはないと思います。

このような人たちは、古い番所の生き残りの人たちです。この人たちが死んで、いなくなるとともに、古い番所もなくなるのだと思います。その古い番所には昔から言い伝えられた諺《ことわざ》がいくつもあります。その一つ

「ソバ播《ま》かば秋と思え、」

という言葉などは、ほんとうに自然の真実を見事に言いあらわしています。それを

「そば播かば、秋と思えと、われに告《つ》げし、

おきなはいまは、隠《かく》りましけり」

という短歌にでもすれば、この諺は万葉集の中に入れてもよさそうに思われます。

その万葉集開巻第一の歌に、雄略天皇の「こもよ、みこもち、」の歌があります。その中に「名告《なの》らさね」という言葉が出て来ます。名を告《の》るということは、結婚の承諾をするということなのです。そしてこの「名告る」という言葉は、今でも、万葉時代そのままの意味で、番所の年寄りたちによって使われているのです。また結婚式のことを「名告り」と呼んでもいるのです。先日隣りのアキオバが、夫の万蔵オジとの二人きりの旅行から帰って来たあとで、家にやって来て、「名告《の》ってから五十年目にやっと新婚旅行をして大層楽しかった、」と言いました。

これでもわかるように、万葉時代の面影は、今もなおここに残っているのです。その言葉が残り、その心が残っているのです。けれどもこれは、間もなく、あとかたもなく消えてしまうでしょう。そして文化のない文明の洪水が、ここをも飲みつくしてしまうでしょう。その時には大昔からつい先頃までここで盛んに鳴いていた、そして今でもここに来て鳴く、カッコーもホトトギスもウグイスも、もはやまれにしか鳴かなくなるでしょう。あ

の美しい声で、夜明けに、日暮に、鳴き囀る、チロンチンの声も、聞かれなくなるでしょう。また村人たちがノースイと呼んでいるトラツグミの声も、聞かれなくなるでしょう。トラツグミは夏の暗い夜に、きれいな、澄んだ、淋しい声で、ヒーッ・ヒョーッと鳴くのです。その鳴き声が村人たちにはノー・スーィと聞こえるのです。この鳥は心中したふたりが生まれかわった鳥だと言われています。そして谷をへだてて互いに鳴き合い、一方が他の方の鳴き声に飛んでゆくと、他の方はもう一方の方の鳴き声に飛んでゆき、こうしてふたりは永久に会うことができないのだと言われています。だがこのノースイも、もはやここには来なくなるでしょう。今年など、もう九月になるというのに、まだ一度もノースイのあのきれいな、澄んだ、淋しい声を聞きません。古いよい時代の自然と人と人の心とが失われてしまうのは、何とも言えず悲しいことです。

中村為治（なかむら・ためじ）一八九八年生まれ。一九九一年没。英米文学者。

蒼い岩棚

三宅　修

太陽が一日のつとめを終えて、今まさに西の地平に沈んで行こうとする時間を、山の頂の乱杭歯《らんぐいば》のような花崗岩《かこうがん》の露岩の上で迎えたことがある。

風化したざらざらの岩粒が、白い半透明の石英や長石の小さな破片が、赤い夕陽をうつしていっせいにそまってくると、昼の間の、ぎらつく陽の下で活気に溢れていた山々の姿が、いかにも厳そかにきりりと引きしまる。

明るい太陽の支配下だった昼が、今、静かに西の空に飛び去ろうとしている。その羽ばたきがきこえるようだ。

登山者はもういない。天幕をはった者は夕食の支度を明るいうちにすませようと、最後の水くみに出かけただろう。小屋から小屋への登山者は、すしづめの部屋の中で少しでもいい場所を占領しようと、息をきらして駆け下りていった。人の居ない山頂……。そして夕暮れ……。

夕風にゆらぐアオノツガザクラのような微かな心細さを感じながら見つめる太陽は、上下をおしつぶされたホオズキのように赤ばみ、くくっ……とのめりこむ早さで雲海の中へ沈みこんでいく。かがみもちのようになり、眉の細さに変り、点になって消えていく。沈みきってからも、暫くは赤い残像が眼の奥に残っているほどの手際のよさで昼は夜と交替した。

岩に残る温みを掌に感じながら、私もまた、私の中にひそかに沈み、堆積するものを待っている。昼間のうちは昂揚し、緊張しつづけていた心が、いまやっとゆったりしはじめる。さざ波一つたたない池の水面に、小さな波紋をうかべるのは、いったいどんな想いだろうか。夜が私の中で屈折すると、いったいどんなスペクトルになるのだろうか。

ざらざらの岩の粒子に月や星が宿った。花崗岩の乱杭歯の上にも、そろそろ童話の時間がやってくる。もう一度、夜の中にぬけ出してさまよっている心を追うことにしよう。私は少し痛くなった腰をのばすように坐りなおした。

＊

山の夜の記憶は、いざ回想の中からたぐり出そうとすると意外に少ないものだ。山に泊った日数は多くても、山の中で夜を定着させた日が少ないというのは、別に気取った言いまわしではない。夜のカアテンが、周囲の物象からすっぱりと分離させてくれるこの実験室は、行動が第一義の登山にとって、本当は大いに重要な意味を持っているのに、それを忘れてしまい、仲間との談笑にただ時をすごしている時間が多い。激しい運動で疲労すぎた時とかいろいろな理由がそれに加わるために、じっくりと腰を落着けた、あるいは片積雲のように自由な意識の散歩ができにくいのだろう。

それでも、昼間のうちは泡のように浮んでは消えていたものが、もう少しまとまって考えられる時が、たまにはある。山の風に吹きとばされる想いが、時には這松の枝にからまるぐらいのものだろうが……。

例外はあるが、そのほとんどは一人だけの山の日である。星の流れる稜線や、吹雪に閉じこめられた谷間のツェルトザックの中のこともある。一人だけの、天幕の夜がその主な実験室だったことは確かだ。

その時に考えていたことは、ほとんど残っていない。メモのない想念を無意味だと言うのならそれまでだが、仲間と雑談を交し、キャンプファイヤーを囲んで歌っているのとはやはり違っていたと思う。山を登りながら、確実に育っていく別のものをそこに見つけようとするのは間違っているのだろうか。

＊

山で見上げる星空は、都会人にとって一つの驚異である。

都会では「星の数ほどもある」という言いまわしは死語に近い。スモッグに汚れた空、ネオンの輝く街並では、夜空を静かにおさめていた星も月も、彼らがえがいた美しい幻想もすべて失なわれた世界なのだ。

　それがそこにある。夢の領域に近く、童話の世界にも似た月と星の、昔ながらの夜である。わずか、一日か二日の旅が、人々をそこに運ぶのである。

　夜になっても都会人は、いつもの習慣どおり、山小舎や旅館の電灯の下で談笑し、杯を交わしている。たまたま夜も更けたころ彼らのうちの誰かが、ふと可憐な少女の声をきいたような気がする。

「まあきれい、お星さまのお花畠よ……」

　そう。天頂をふり仰いで人々は思わずも息をのむことだろう。星というものが、これほどおびただしい数だったか、と驚くことだろう。そこはたしかに神秘に満ちた、大きな宝石筐《ばこ》だ。古代人がその筐から、神話を抽《ひ》き出《だ》し、人の運命を占う術を学んだのも、やはりこんな星空の夜を過していたからに違いない。

　槙有恒《まきゆうこう》さんの名著「山行《さんこう》」の、立山の松尾峠の遭難の記録に、板倉勝宣《いたくらかつのぶ》氏の魂がこの世を離れて行くようにほんの一時だけ雲が切れて星がのぞいたという。人が死んだら星になるとは童話の世界の話だけではない。手にとどかぬ美しいものは、星のように遠くからでも眺めていたい、という願いは、非力の人間にとって許されていいだろう。

「涸沢《からさわ》の岩小屋のある夜のこと」で、山での死を書きとどめた大島亮吉《おおしまりょうきち》氏が、前穂高北尾根で亡くなられた年には、前穂の頂上付近に、大きな星が光っていたという。「大島星」

と登山者たちによばれていたこの星も、いわば山に召された一登山家の美しい魂を惜しんだからである。いつも澄みきった空の下で生活していた人たちには星の降るような夜空もごく当り前なものでしかなく、生活感情から自然にいろいろな詩が生れたのに、現代の都会人は、昼間のアスファルト・ジャングルにつづいて、夜の自然界さえ失いはじめている。月が月として、星が星としての輝きを失い、壮大な夜の神話も生れなくなった。

ただ美しい夜の、はりつめたような星空を見て、感動する心だけが残されている。私は山の自然の中で、このことを大切にしたいと願う。窒息しそうな魂の牧場として、山の星夜は大切な緑地である。

＊

山で夜を過すのに、予め泊ることを考えて準備する場合と、まったく思いがけず一夜を明かさなければならないような破目に追いこまれるのと、二通りの形に分けられる。

泊る事が予想されれば、防寒、睡眠、食事などの用意が充分なので、ゆったりした気分で夜をたのしむことができるが、突然の、やむを得ない夜営ではそうもいかない。用心深くても、時には油断することだってあるものだ。友達数人と上高地《かみこうち》の六百山に登ったときがそうだった。六月はじめの、まだ肌寒い梅雨に入りかけの季節で、残雪の豊かな穂高の山々を見ようと思いたって、軽装で出かけたのが運のつきだった。出発の時間も遅かったが、とにかくルートはきちんと見極めて、五千尺の裏からちょうど咲きはじめているシャクナゲを分けて登った。頂上へ着くころには、雨雲がいっぱいに空をおおい、夕暮も近いために肝心の穂高はかすんでいる。その下山路を、六百沢の方にしたのだが、三角点を離れ霞沢岳の方に向って這松の稜線の雪をふんで行き、小さな尾根が西北に張り出しているのをつかまえるころには、そろそろ暗くなりかけている。それからは急斜面の連続だった。シャクナゲのヤブを機械体操でぐんぐん高度を下げていくうちに、とうとう夜が追いついてしまった。ヘッドライトの丸い輪の中で、シャクナゲが横に生えるほどの急斜面だということはわかるが、とにかく全体の具合はつかめない。適当なゆるい所をやっと見つけると、しかたなくビヴァークすることにきめたけれど、さて、すっかり油断してツェルトもラジュウスも全部下のテントに置いたままなのには困った。そのうえ、私のサブザックには、ヤッケさえ入っていない。確かに入れておいたつもりだが、とひっかき廻しても無いものはしょうがない。網シャツに紺サージのカッターシャツ一枚は、さすがに身にこたえる。もし雨が降ったら、と思うと不安だが、とにかく食べるものは全部整理をし、身体が暖まっているうちにひと眠りすることにした。ライトを消すと、急斜面が消え、不安もうすれる。寒いけれどひとしきり眠ってしまう。

月も星もない、ブッシュの中の夜は、ただ暗いだけだ。幻想が生れるとすれば、悪魔的な、不安の影をいつも見せる断片で、うっかり深追いはできない。暗黒では自分の位置もはっきりしないから、不安ともいえるが同時に無責任な気やすさもある。みんなも闇の中でときどきごそごそする。あとは風の音だけ。

このビヴァークは私にとってたった一度の油断から起きたものだったが、後味の悪いものだった。夜は時々牙をといでいる、と思うほど敵意が感じられた。たぶんそれは、自分の中で自分をさいなむような恥しさのためだったろう。

それから数日後には、今度は雨飾山《あまかざりやま》の中腹で、しかも雨の中で野宿をしたが、ツェルトの中で傘をさすようなことまでして、むしろ面白いくらいだった。それ以後、夏の間、ツェルトを使う時にはコーモリを併用する。そのたびに、これはオツだ、と喜んでいた友だちの顔を想い出す。

*

前穂高の頂上に近いあたりで、一晩をすごしたのが、私にとって山らしい山の中で一人の夜を迎えた最初だった。今日中に前穂高を越えて涸沢まで足をのばすという仲間と別れると、適当な岩の割れ目を見つけ、寝ぐらにきめた。屋根もあるし、多少の雨ならまず心配もないだろう。夕空の中に消えて行った仲間が、そろそろ吊尾根の半ばぐらいまで下ったぐらいの時間が経つと、明神岳が赤くそまり、夕霧が上って来た。そして間もなく、うっすらと白い世界の中へつれこまれてしまった。日暮れ時のブユの大群がひきあげると、暖かなシュラフの中でぐっすり眠りこんでしまった私が、目をさましたのはもうだいぶ夜が更けてからだった。

いつの間にか雲は沈んで羊の群のように目の下に並んでいる。その間からチラチラと灯がまたたく。大正池あたりだろう。眼前には明神の黒い影が遠くもあり、近くにも見えて立ちはだかり、それをおおうように空は一面の星空だった。それまでにも半月ぐらい山の中を歩いて来たはずだし、その間ずっと仲間との幕営だったのに、その夜の星たちは特別に大きく親しげにまたたいている。なんだか、はじめて星というものを見るような気がした。一人ぼっちで岩山の中腹にいることが少しも不安ではなかった。シュラフの中から私が星に挨拶を送ると、星もまたやさしくまばたいてくれた。

山の星と私の邂逅《かいこう》はたぶんこの時にさかのぼることだろう。その前にも美しい夜空を仰いでいるはずだが、思い出せる最初の夜はどうもこのあたりだ。もし、この夜が雨にでもなっていたら、私の山への態度は変っていたかもしれないと思う。

それ以来、いったい何回ぐらい山の夜をすごしたことか。感動はいつでもあの最初の夜と同質のもので、いっこうとおとろえることがない。

＊

十月も末のころだった。小梨平では氷雨と一緒にからまつの落葉が終日テントの上をさらさら流れ、その周りには黒い堆積ができるほどだった。

そんなある日、雲がきれはじめたのをきっかけに、昼近くになってはいたがコブ尾根へ登ろうと出かけてみた。うまくいけば、新雪に会えるかもしれない、と思ったので、ツェルトやラジュウスをかついで行った。

上高地でさえ人の姿は少なかったから、岳沢へ入ると、もうしんとした晩秋の気配だけがただよい、見まわす山の肌は枯れきって、紅葉の美しかったことなどすっかり忘れはている。汗ばんで一休みすると、冷い風が適当に肌を冷やして吹きすぎていく。緑といえば這松がわずかに岩稜を飾っているだけ。もういつでも冬に転身する準備のすんだ山の姿を見ながら、水飲場付近から右岸にわたり、シシウドの立ち枯れの中をコブ沢へと入っていった。天気はすっかりよくなっている。私たちは調子よく、小さな棚をいくつか越え、右のコブ尾根にとりついてすぐ稜線へ出た。のんびり登って岩峰をアップザイレンで下りるころ、夕陽が前穂の頂を赤くそめ、三十メートルのザイルを使って鞍部に下りたとき、とっぷり日が暮れた。コブの上でだいぶのんびりはしたが、晩秋の夕陽はたしかにつるべ落しだ。

ビヴァークサイトはそれから十分ぐらい登ったテラスにきめた。

さすが雪も間近かの北アルプスは、陽がおちると一緒に気温がぐんぐん下る。風が出たらツェルトにもぐるつもりだが、それよりも一面の星空を見ていたほうがずっといい。星座表を持ってこなかったので、銀砂子の中からなじみの顔を拾い出すのはほとんど難しいのだが、東から南西にかけて開けた岳沢の上部では、ペガサスやアンドロメダが頭上に近く、カペラやアルデバランもそろそろ出て来そうだった。そしてやがて、オリオン星座やおおいぬのシリュウスの輝き……。ところが、前穂高の上が奇妙に白くなりはじめたのである。雲でない。とにかく大変に白々として、星たちがうすれるほどなのだ。

　それが月の出の合図だった。ほとんど前穂の岩峰の頂上から大きな銀細工のお盆のようにぬうっと顔を出した時、夜の山は急に目をさましたようだった。冴えきった月の光は、太陽のように万物に活気を与えることもなく、何か特別にえらばれた妖精だけが活発にはねまわるようだった。

　砕石のテラスに蒼《あお》い光が溢れると、私はしばられたように身動きができなくなった。月の光は麻酔剤のように私の四肢をしびれさせ魂だけを誘い出すと、どことも知れず山を越え、谷を渡って行った。

　星はもう光を失い、ツェルトに入ることも忘れはて、ただぼんやりと光る岩峰とかげる谷を見下ろしていた。

＊

変則的な五人パーティーでそこまで登った私たちは、もう一息という所でとうとう事故を起し、屏風岩二ルンゼ側壁の、細くてぐらつく岳樺《だけかんば》の生えた狭いテラスでビヴァークだった。外傾したテラスは、ふんばっていないとじりじりとすべりはじめる。だから、時々足の踏みかえが必要になる。ザイルを張って固定させたいが、どのリスもせまくて三分の一ほどもハーケンが入ればいいぐらいだ。

そんな不安定な岩壁に夜が来た。横尾谷から昏《くら》くなりはじめ、やがて横尾尾根から南岳へと広がって、山も岩壁も、みんな暗くなってしまった。夜道を涸沢へ登るらしいライトが樹の間に点滅する。それだけが、人間の世界と結びつくたった一つのきずなになってしまったとは……。不安が頭をもちあげるのはしかたのないことだ。

具合はどうだい、うん大丈夫なんともない、また派手にやったな、もうちょっとで這松に手がとどいたのにな、ほんのちょっとだったのにな、そろそろ夜だ、朝まで雨がなけりゃいいけれど、朝まで長いぞ、下りたらカツ丼だな、水をとにかくガブガブやらなきゃ、おちるとは少し銹《さ》びたな、年貢をそろそろ収めるか、帰ったら嫁さんでももらうかな……。みんな黙ってしまった。なんとなくぎくりと胸をさされたように、それぞれの思いに耽りはじめたらしい。

人間の世界を遠くはなれて、今すぐにはもうそこに帰れないという状態に追いこまれて、人間の本性は自然によみがえるのだろうか。明るい灯の都会がなんともなつかしくなるのだ。

狭い空に星が光る。あすはゆったりと横になりながらあれを見上げてやろう、と思うがそう思いながらもずり落ちる身体をくい止めるのに気をくばらなくてはならない。

横尾尾根から月が昇りはじめたらしく、中央壁がしだいに蒼白く輝きはじめた。確実にその光の領域を下へ下へと広げながら、刻一刻と明日への時間をよみはじめている。

月の光は、やがてテラスと同じ高さになった。しかしルンゼの壁が邪魔になってその指先はここまでとどかない。ほのかな反射がテラスを青っぽくさせるだけだ。それでも、私たちには小さなすくいの光だった。中央壁の向うに横尾本谷のカールが浮び上っているのが、遠近感を失なったかき割りのように見える。

月が姿を見せないままにしだいに高くのぼり、岩肌はいよいよ蒼い。

その蒼い光の陰の中で、テラスの私たちはもっとも人間らしい想いの中に、めいめいが沈みこんでいった。


三宅修（みやけ・おさむ）一九三二年生まれ。写真家。

黒沢小僧の話

務台理作

黒沢小僧（くろざっこぞう）と、小豆（あずき）ばばさと、地ころがしの話である。信州南安曇郡北アルプスの山麓につたわる話である。黒沢《くろざ》とは黒沢山のことだが、またそこから流れ出る渓流の名でもある。黒沢山は上高地と穂高の谷を背後にする北アルプスの前衛の山の一つで、その尾根を登り上げ、「鍋かぶり」、「つめた沢」、大滝山をこえて上高地へ出る道もある。これは徳川時代にあいた古い飛騨《ひだ》道である。黒沢山は峯まで針葉樹が黒々としげっているのでそう高い山ではないが、三つの峯があり、何ものか大きな羽根をひろげたような恰好で、黒沢の谷をかかえるようにしている。主峯《しゅほう》は鳩峯という。里からみると穂高や槍や蝶ヶ岳はかくれて見えないが、その肩をはずれて北に常念、大天井、燕《つばくろ》、餓鬼《がき》、唐沢、爺《じい》、蓮華《れんげ》、鹿島槍と、北アルプスの遠景がよく見える。黒沢山のヴォリュームは相当に大きく黒々と里の上へのしかかってくるように見える。私などは北アルプスの雪の連峰よりも、夜の黒沢山をずっとものすごく感じたものである。

「黒沢小僧」はこの黒沢山の谷に住んでいた。小僧とはいっても大僧で、酒顚童子のたぐいであろう。黒沢小僧の正体を見たという人はほとんどなかったが、その足跡は時々山入りの人たちの目にふれた。夜になるとほんとうにまっ黒な黒沢山の中ほどの尾根に焚火らしい火が遠く赤く見えるときは、里の人は今夜は黒沢小僧の灯が見えるといったものだ。

黒沢小僧には老婆がついていて、老婆は黒沢の谷道をあるいてくる人の目につくように、高い平らな岩の上で、古い糸車を廻していたという。人がそれに気がつくと車の手をはなして手招きをしたという。もちろんその手招きに誘われていったものもなかろうが、じっさい誰々が見たというでもなくそんな話が伝わっていた。

黒沢山の中腹から下は村の入会地になっていたので、村の人たちは、晩春の雪どけの時分には山菜をとりにはいったり、秋には炭焼や柴取りなどにはいった。そういう山入りの人にはむかしからのオキテがあった。山に置き忘れた道具は決してその日のうちにとりに戻るな、もしその日のうちに戻ると二度と里に帰れなくなる、忘れたものは日を改めて取りに行けというオキテであった。日暮れに谷間をウロウロしていると黒沢小僧につれていかれて山男にされてしまうということであった。

ある時、隣村の何兵衛という人が黒沢山で伐採用の大鉈《おおなた》を忘れたというので、仲間の止めるのもきかずに山場へ戻っていった。仲間はそのまま帰ってきたが、その男はとうとうその夜帰って来なかった。家人も心配するので村人が昨日の山場へ探しにいったが影も形もない。忘れたという大鉈ももちろん見当らなかった。男の名を呼んだり、その辺を探してみると、沢のすこし土がかったところにその男の足跡にちがいないものと、とてつもなく大きな足跡とが入り乱れてついていた。草なども踏み倒されていた。その男は黒沢小僧に谷をさかのぼってつれて行かれたらしい。それっきりその男の消息はたえてしまった。

そのあくる年の五月、水田をこしらえる時分、その男の家は妻と子供だけでたいへん困っていると、夜、誰かが戸口のそとにきて、「マンノウ出せ、カッサビ出せ」といった。マンノウとカッサビは田ごしらえの道具である。その次の夜もやってきて同じことをいった。それで家人は夜分にマンノウとカッサビを出しておくと、重い足で人がゆききする音がきこえる。夜明けになって起きて見るとその家の田圃がすっかり耕されて、稲苗を植えこむばかりにしてあったという話である。私はこの話を祖母からいく度となくきいたものである。その時分私はほんとうに黒沢小僧のいることを信じていた。

「小豆ばばさ」もその里の魔性のものの一人であった。小豆ばばさは小さな川の古い橋の下に、暗い小雨の夜などにうずくまっている。人がひとりでその橋へかかると、橋の下で小豆をとぐ音が、ざっくざっくときこえる。このざっくざっくという音はたまらなく陰にこもった音だという。それでおっかなくなって逃げてかえる人はいいが、もし無理にその古橋を渡ると、橋下からやせた青い顔にみだれ髪のばばさ（それだけが暗さに浮いて見えるという）が首を出して、そのはしが錐《きり》のように尖った小石をいくつも投げつける。足や背中にそれがささって半死半生の目に逢うという。ざっくざっくという音は、ほんとうは小豆をとぐのでなく、川の小石をといでいるのだという話である。

　小豆ばばさの出るといわれる古橋はきまっていた。日が暮れてからそういう古橋を通るときは、ざっくざっくという音がきこえはしないかと、小さい子供の私はほんとうに怖ろしかった。


「地ころがし」もそのような魔性のものの一つである。これは暗い夜、丘の下の細道のわきの草むらの中にいて、人の来るのを待ち受けている。薬缶《やかん》ぐらいのまんまるく、まっくろいもので、眼玉と鋭どい歯のついた口しかない。人がそこへさしかかると、そのあとからごろごろところがってきて足のかかとに嚙みつくというのである。これはどこにいるかわからないので、暗い夜のひとり道はおそろしかった。いったい「地ころがし」の正体は何だろうか。夜の鎌いたちのようなものだろうか。しかし私はじっさいに嚙みつかれたという人に逢わなかった。

　あの里にはまたイヅナつかいの家があった。イヅナつかいは長野市の北の飯綱《いいづな》山の信仰と結びついているものだろうか。イヅナをつかう家は、村の人からきらわれて、あまりつき合いをしなかったが、時折どこかへ出ていく白い着物の老女を見たことがある。

　イヅナは鼬《いたち》位の小さな狐で、イヅナにとり憑かれるのは女が多い。その人の眼には見えるが家の人には見えない。なんでもとり憑かれると高熱が出たりひっこんだりする。高熱の折はイヅナが寝床の中へはいってきて女の人の腹の上を這いまわる。その証拠に病人の腹の上が梁の煤やほこりでいつもよごれているという。

このイヅナにじっさいにとり憑《つ》かれたという女の人の話をきいたことがある。その女は島々の人で、わらびの澱粉《でんぷん》とか、干した岩魚などを背負って里の方へ売りにきて、私の家によく泊りこんだ。その人はほんとうにイヅナが梁の上をとび歩いているのを見たし、イヅナと話をしたこともあるといっていた。

これは今の南安曇郡三郷《みさと》村野沢（安曇野市三郷温野沢）の辺の話である。

務台理作（むたい・りさく）一八九〇年生まれ。一九七四年没。哲学者。

神のいる湖

更科源蔵

昔、アイヌの人達は湖や沼のことをトと呼んでいて、そこにはトコロカムイという湖の神がいると信じられていた。そして今日一般に有名な湖には固有名詞がなくて、単に「ト」と言うだけで意味が通じた。それは昔の生活圏はそれほど広い地域でなかったので、「ト」といっただけでそれがどこだか、意味が通じたからである。生活圏の中でいくつかあるときに、むしろ小さい方の沼に山の湖《キムント》とか、小さな沼《ポント》、長い沼《タンネト》、黒い沼《クンネト》などという名がついていた。

現在有名な湖はどれも日本人がつけたので、訳してみるととんだ笑話の種がある。洞爺湖は役人がアイヌを案内させて、湖畔に出て、

「ここは何というところか」

ときかれたので、案内のアイヌが「湖畔《トーヤ》です」と正直に答えたが、役人は湖の名と思って洞爺湖という当て字をした。訳すと湖畔の湖という妙な名になる。

支笏湖はアイヌ達の間では山の湖《キムント》（千歳付近に馬追沼や長都沼があったので、それと比較してこうよんだ）といっていたが、シコツ（大きな窪地）という地名を当て字にすると、

死骨を連想するというので、縁起をかついで鶴の生棲地だったので、鶴は千年にあやかって千歳とし、シコツを山奥の湖に追放したのだった。

屈斜路《くっちゃろ》湖の名をつけるときも、ここは何というところだときいたのが、湖の水が流れ出る川口だったので、アイヌが

「クチャラ（咽喉ということ、ひろい口腔（湖）から細い食道（川）に出るところの意）だよ」

と答えたので、屈斜路湖となった。川口湖ということである。

摩周湖も山の湖《キムント》とか、魔の湖《カムイト》とかアイヌが呼んでいたのに、誰が摩周の字を当てたのか、安政年間の記録の中にすでにこの字がある。

佐呂間湖もただトという以外には、何もなかった。この湖に入る川にサル・オマ・ペッ（葦原にある川）があったので、その川の名が湖に移行したものである。

釧路の塘路《とうろ》湖も元来は湖の名ではなく、トオロコタン（湖の所の部落）という部落の名が湖についたもので、日本語に訳すと湖の所の湖。十勝の然別《しかりべつ》湖は、この湖から流れ出る川がシカリペッ（迂回する川）が湖に移ったもので、アイヌ語ではキムント（山の湖）であった。

以上のように日本人が命名した今日の湖の名には、アイヌの感覚とは随分ずれたものが多い。

漁狩猟民であったアイヌの生活感覚で呼ばれた湖の名に、神湖《カムイト》というのがある。然しこ

の神を表現するカムイという存在は、日本人の観念の中にある、高いところから恵みをたれる有難い存在だけではなく、むしろおそろしい魔神的色彩が非常に濃厚であることである。

摩周湖をカムイトといったことは、さきにものべたが、この湖に黒点のように浮かんでいる中島を、カムイシュといって昔の偉い酋長《しゅうちょう》の母が、或る時の戦いで酋長一家が滅亡したとき、孫を背負って落ちのびたが、孫を見失って失意のはて、疲れ果てこの湖にたどりつき湖神に頼んで、ここにとどまることになったが、この湖畔に人が来ると、見失った孫かと思って、泣くので霧がかかったり雨がふったりするのであると。それでこの付近の人々は、家の中からでもこの中島に酒や木幣《イナウ》をあげて祈願をするし、湖畔に出たときも必ず祈願して、女ならばタバコ、男ならば麴《プスクスリ》をあげるのである。それはこの湖は急に霧が湧いたり、吹雪になって方向を失うところであり、山狩に出かけると湖畔は危険な岩場が多いので、危険きわまりないところであったので、魔神のいるむしろ意地悪い場所であったので、風景がよいから神の湖と呼んだのではない。酋長の母の伝説も後になってから生まれたもので、中島はもとは天候の急変で道に迷ったときの祖母のように心配し、方向を教えてくれる有難い存在だったからであろう。

神湖《カムイト》というのは日高幌尻岳にもあって、そこに狩人が知らずに近寄ると、物凄い大風が起きて、木の葉のように麓に吹き飛ばされるとか、黒毛の鹿が棲んでいるとか、またこの湖には海獣や海草があるが、ここでは海のものの名をいうことを嫌うので、塩《シッポ》を灰《ウナ》と呼び、昆布《エサ》を木皮《シトカプ》、舟《チップ》を木槽《キッチ》、アザラシ《トカリ》を獺《エサマン》などといわなければならなかったし、このカムイトにはめったに近寄ってはならないと言い伝えられているが、不信な近代の山人達が近寄っても、別に何のことも起こらないし、海獣も海草も見当たらないという。然しこんな伝説があるということは昔山に狩をした人にとっては、何かこの山にはめったに近寄ってはいけない、おそろしい気象条件などがあったのではなかったからではなかろうか。

十勝の然別湖も、ところによって神湖《カムイト》と呼ぶ人もある。それは雷雨をともなった雲がでてくるのが、この湖の方向だったり、雷雨がはれて行くのもこの方向だからである。だからそこには雷神やその他、諸々の善神や悪神がたむろしている、神の部落（国）があると思ったようであり、この湖に行ったときも塩を灰といい、昆布を木の皮といわなければならず、また人間が湖に行くとあれるので、必ずここに行くと木幣をつくってあげなければならなかった。この湖には長さが百メートルもあるイワンオンネチェプカムイ（非常に劫《ごう》をへた魚の神）という、いとうの主がいたが、或るとき大熊が狩人に追われて沼に飛び込んだが、途中まで泳いで行くと急に見えなくなったので、行ってみるとイワンオンネチェプカムイが、大熊を丸呑みにしたが呑みきれず、熊の片脚をのぞかせて死んでいたという。

こういう湖に大きな魚がいたということは、ここだけでなく大抵の湖に必ずあって、多くはあめますの王で、頭は沼上にあって眼は満月のように輝き、尾は沼尻にあってさわさわと波をおこすほど大きく、人間が舟で湖を渡ろうとすると丸呑みにするので、おそれて舟の底に炭《すみ》をぬって、湖の上を雲が流れるように渡ったという。それが或る日、湖畔に水を飲みに来た鹿を呑み込んで、その鹿の角で腹をやぶかれて死んでしまい、屍体が流れ寄って川口をふさぎ、川口の滝になったという、洞爺湖の壮瞥《そうべつ》の滝がそれであり、阿寒湖もそして摩周でも鹿を呑んで死んだあめますが、水の出口をふさいで、湖の水があふれそうになったのを、カッコー鳥が教えたとか、支笏湖や屈斜路湖にいたのは、文化神に退治されたとか、色々と伝説がある。

襟裳岬に近い山の中の豊似《とよに》沼もカムイトといって、この沼に近よると「晴天忽ち暗り此沼より雲立上り、大雷坤軸を砕く如く、雨車軸を流し……（中略）往古は此峠通行の者湖の見ゆる間語話をも禁し有しと……」（松浦武四郎《まつうらたけしろう》『東蝦夷《えぞ》日誌』）あり、これらの山湖のもつ気象の変化が昔の人々に驚怖を抱かせたことは、この地帯で無謀な行動をすると、生命がおびやかされるという、経験がこれらの多くの伝説を残したようである。

この他に胆振《いぶり》地方の小さな沼にも、オヤウという翼の生えた飛竜がいると伝えられ、これの毒気にあたると身体がはれ、高熱が出て全身体の毛が脱けてしまうという、これは洞爺湖にもいたというが、現在は小さな水溜りにすぎないところにもいたといって、そうした沼もカムイトといっておそれた。その実体は何であったかさだかではない。

その他おそろしい沼として、昔戦争のとき多くの死者で埋まったというチホマト（吾々のおそれる沼）と呼ぶのが、帯広の近くにあり、夜中に抜け出して人間を喰うという怪刀をなげ入れた、底無沼《アサムサクト》が旭川と空知とにある。

魔神の湖やおそろしい沼には、決して祭壇はないが、食糧を豊かに供給してくれる湖沼には必ず祭壇があった。ここは湖神に祈願し、感謝するところである。ところがこうした湖は例外なしに絶景でも何でもなく、風景はまことに平凡であり、何の変哲もない。それは世のありふれた母のようにあたたかく、人間をその胸に抱いてくれる姿である。

毎年秋になると菱《ひし》の稔る釧路の塘路湖は、今でも季節になると菱実祭《ベカンベカムイノミ》をやって、菱の採集をしている。昔菱のあった菱採沼《ユークシト》という沼は、ほとんど埋めたてられた水田になっているが、この湖だけは依然として昔の面影を残していて、他の漁、猟のときには決して歌わない舟唄も、菱の採集のときだけは賑やかにうたいながら舟を進める。菱は煮ても食べるが貯蔵されて餅《シトキ》にされたり、濁酒の材料にもされた重要な、野生の食糧であった。

屈斜路湖、阿寒湖、佐呂間湖、網走湖など北東に片寄る湖は、いずれも豊富な魚族で人々の生活の支えになった。冬になって氷の蓋ができ、湖神たちが冬の眠りに入っているときも、氷に穴をあけて魚を釣りあげたり、湖の奥に狩に出かけたりするが、不浄の排泄物などは勿論、たとえ雪や氷の上にでも、それが湖神に対して失礼と思われることは、履物の藁一本すら落とすということはしないし、夏に舟で出かけても同じである。したがって湖で洗物や汚物を流すなどということは、思いもよらないことである。これほど自然を大事にし、神聖視することは、決して迷信深さからではなく、生きる上での絶対条件であったからである。山や湖に神がいるのは、それが美しいとか崇高だからではなく、そこは父や母のようにやさしい半面、厳然としたきびしさがあり、不信の徒には死のおきてがあったからである。自然の奥深いところに生きたアイヌの人々は、どの湖にも白髪白髭の老神がいると信じていた。

更科源蔵（さらしな・げんぞう）一九〇四年生まれ。一九八五年没。アイヌ文化研究家。

山の湖

宮本常一

青森県下北半島恐山《おそれざん》の頂上には恐山湖という湖がある。私がこの湖のほとりに立ったのは昭和一五年一二月の雪のちらつく宵であった。山の北麓の関根橋というところで日がくれたが、夜は月もあるからと思って、正津川にそうてさかのぼっていったのである。木の茂った川ぞいの谷間の道は、暗かったが、森林軌道をゆくのでまようことはなかった。そしてその谷がひらけたところに湖があった。硫黄のにおいがつよく、湖底からたえず泡をふきあげてくるのでブツブツという音が無気味にきこえる。そのほかには物音はない。雪のちらつく向うには大尽、小尽の三角の山が黒くたっていて、それが湖にかげをおとしている。

正津川の落口から湖岸をすこし西へいったところに菩提寺《ぼだいじ》がある。恐山の地蔵堂で知られており、ちかごろは七月二四日の地蔵会《じぞうえ》にたくさんのイタコがあつまって来て、死んだ人の口寄せをするので知られているが、この山へは春四月の末ごろにも麓の村々の人がのぼって来たものである。そして菩提寺で五穀豊穣の祈禱をしてもらって、お札をもってかえって、それを畑の一隅に、小枝などにはさんでたてておいた。恐山は祖霊のゆく山であるとともに生産をつかさどる神の山でもあった。

ところが、この山の西南麓の村々をあるいて話をきいて見ると、単にお札をもらいにゆくばかりでなく、湖のほとりに小屋をつくっておこもりするならわしがあったという。小屋は一つの村が一つずつもっていた。南の方からのぼってゆくと湖の南岸に出る。したがって南岸に点々とした小屋があり、そこにおこもりして、菩提寺へまいったり、大尽へのぼったりして来るのだが、実は湖そのものが信仰の対象でもあったようである。

湖の神をまつる風習は十和田《とわだ》湖にもあった。この湖のことは菅江真澄《すがえますみ》が『十曲湖』の中に書いているので、東洋文庫におさめられた『菅江真澄遊覧記』の中からひいてみよう。

「休屋といって大ぜいの人が参詣にのぼる夏のころ、着のみ着のままでごろ寝をしたり、あるいはものいみにこもる建物がある。屋根は厚いわり板葺きで、壁の代りにサワグルミの大木の皮をはり、部屋も広びろとつくられたのが、三棟・四棟ばかり草の中にならんでいた。細い流をはらい川といい、ここで手を洗い、口をすすいで、身も清浄になった。五戸・七戸からの道がある。それぞれの道の入口には、くろ木で作った鳥居が数も知れないほど立ち重なっている。手前の杉が群立ったところにある数々の鳥居からはいり、ならび立つ杉の下路をとおってゆくと、堂がある。青竜大権現という額がかかっている。この社の後に六つの小さな祠があり、六柱の御神をまつっている。（中略）祈願のある人は小さな剣をきたえて奉納する。わらじをはじめとして、いろいろの履物を小さく鉄で作って、堂の周囲にたくさん奉納している。(中略)木の根にすがり、猿がつたうように、水面に近いところへかろうじておりてゆき、石だたみのような伏岩の上にならんで散供《さんぐう》打ちをする。銭や米を紙につつみ、心に神を念じて、ぽんと投げると、願いがかなえられるときには、つうっと水底にひきこまれるように沈み、かなえられないときには、かなり重いものでも波にさそわれて沖の方に浮いて出てしまう。」

恐山湖の場合はこのようにくわしいことはわからぬ。私のきいた限りでは誰ももううろおぼえになっているし、話してくれた人も人づてにきいたもので、山にのぼったという人にあったこともなかった。しかし湖のほとりで時には一週間近くもおこもりして来るという話には心をひかれたのであるが、十和田湖の場合もおこもりする者がなければ休屋をたてない。

高い山の上にある湖は日本には少なくない。たいていは古い噴火口に水のたまったものである。そういう湖に神聖をみとめたのは多分山伏の仲間であったと思う。そしてそういう湖があるといううわさをきくと、山岳信仰者たちはたずねていったようである。一七世紀の終り頃東北へ放浪の旅をつづけた円空という僧も、多分に山伏的なところがあって好んで山岳聖地をあるいている。そしてその足は北海道にまでおよび、当時はアイヌのみ住んでいた有珠岳のあたりまでおとずれている。ここにも洞爺湖という湖がある。その湖の真中に島があるが、その島にお堂をたて自分で彫った仏像をおさめている。アイヌがこの湖を日本人とおなじような心で信仰していたかどうかはわからぬ。円空は山の上に湖があるといううわさをきいてはるばるとそこをたずねていったのであろう。もとより円空以前にそこをおとずれた日本人もあったと思われるが。

さて円空のような人たちはその後も相ついでこの地をおとずれたと見えて、円空仏は朽ちもせず、いまものこっている。菅江真澄もまたこの湖をおとずれている。

円空は恐山へものぼって菩提寺に千体仏をきざんで納めている。そういうことになると、十和田湖などへものぼったであろうことが推定せられるが、記録も作品ものこっていないので何とも言えない。

しかし山頂の湖をもとめてあるく旅人もあっていいはずである。湖が山頂にあるということは神秘であり不思議であった。多くの人たちはそこに水の神・雨の神のいることを信じた。そして湖のほとりに神をまつる祠をたてた。はじめは休屋やこもり堂のようなものであったかもわからない。湖のほとりに神社のあるものは田沢湖、中禅寺湖、芦ノ湖、諏訪湖など東日本に多い。

西日本には山頂に湖のあるものは少ない。そのために湖畔に神社をまつる例が少ないのかもわからない。しかしささいな池があってもそれは尊《たっと》ばれたようである。越前《えちぜん》と美濃《みの》の境にある夜叉《やしゃ》ガ池なども竜神がすんでいると信じられていて、濃尾《のうび》平野の村々で旱天《かんてん》つづきで困るとき、この池まで水をもらいにいったものである。その水をもってかえって村の氏神にそなえて祈禱するとか、または田にまくと雨が降るといわれている。

おなじような信仰は伯耆大山《ほうきだいせん》にもあって、やはり日照りのときにはこの山の神池の水を備中《びっちゅう》・備後《びんご》の人たちが水をもらいにいったものである。もともと大山は備中（岡山県）・備後（広島県）などの山間の村々から見える山ではないが、此の地方にはどの村にも大山の祠があって、雨につけ風につけこの祠を通じて大山に祈りをささげた。いまはすたれてしまっているが、この神社のまえで春さきおこなわれる牛市は有名で、牛を買うばくろうは大阪あたりからまで集まったものであるという。

関東で農民にもっともあつく信仰せられたのは榛名《はるな》の神ではなかったかと思う。私の知っている範囲では東京の西郊あたりまで、榛名神社のお札を竹のさきを割ってはさみ畑の中にたてる風習が、つい四―五年まえまであって、私の家の近くの畑にもしばしばそれを見かけた。村の人たちは榛名講をくみ、春まだあまりいそがしくならぬころに代参者をたてて、神社のお札を請けにいった。そして畑の中へたてておけば作物に虫がつかぬと信じられていた。中にていねいな百姓は一メートルほどの棒杭を畑の中にたて、その上端に小さな板をうちつけ、そこに小さな神酒スズ（瓶）をそなえたり、ろうそくをともしたりして榛名の神をまつった。昭和一六～七年頃、東京西郊の村をあるいていると、畑の中にろうそくの火のゆらめいているのを時折見かけることがあった。

そればかりでなく、日照りのつづくときはやはり、山頂の湖の水をもらいにいったものであるという。それが昭和になってからは、その水のききめが全くなくなってしまったとなげいて話してくれた老人に保谷市在の農家で出逢ったことがある。その老人が二〇歳すぎのころ、榛名へ水をもらいにいったことが二〜三度あったそうである。お水をもらって来ると、たとえ三粒でも雨が降ったものであった。ところが、この湖は冬になると氷がはる。すると、そこでスケートをするものがあるようになった。それだけではなく、糞・小便まで平気でするようになって、湖の水がけがれてしまって、ききめがなくなったのだとその老人はなげいていた。

いま榛名のお札を見かけることもほとんどない、畑がどんどん宅地にかわってゆく。農業熱心の百姓も何ほどもいなくなってしまった。そして関東平野の農民から榛名の信仰は次第にうすれ、忘れられようとしている。

しかし、それは榛名だけの問題ではない。十和田湖畔の休屋という地名がどうしておこったかを知る人はほとんどいない。恐山湖だっておなじことである。山麓の農民にとっては聖なる池であったが、いまそういう目でこの湖を見る人はいない。むしろ昭和の初めごろから盛んになって来たイタコの口寄せが大昔からあるように信じられて、それが世人の関心をよんでいる。

民俗とよばれるものも、このようにぐんぐんかわりまたほろびてゆくものである。そして、神聖視せられて汚すことを極度におそれた湖が、いまは冬はスケート場として、若い人たちに利用せられているものが多い。もともとそこが神聖であった日にも湖は農民の幸福のために存在していたといっていい。汚れてもなお人びとの生活をゆたかにするために利用せられている。人はいちど関心を持ったものに対しては、どのように世の中の条件がかわっても、それを利用することを忘れないもののようである。

宮本常一（みやもと・つねいち）一九〇七年生まれ。一九八一年没。民俗学者。

岩の神・山の神

岩科小一郎

紅葉には少しおそい秋の谷に、落葉をあびながら、霜白い木馬道《きうま》を踏んで私ははいっていった。右岨《そわ》の腹搦みの林道は、絶えまなく曲折をくりかえし、いつ終るともない遠い道だった。闊葉樹林に覆われた山体は褐色の枯葉色に染められて、尾根上のカヤトが黄色く輝いているのが印象的だった。

また曲って巨岩に出会った。直立三メートルぐらいか、林道工事で山側から切りはなされて孤立させられたものらしい。頂部に岩片をケルンのように積んで、真新らしい御幣《ごへい》が一本、突き刺したように立ててある。「空山人不見」の境地に、風にはためく御幣の白さは、なんとなく不気味だが、山の神の斎場《いつきば》と知れば「但聞人語響」(王維)も間近であると想う。

立岩のそばからフミアトが岨《そば》を下って谷底のテッポウにつづいていた。テッポウは銃ではない。鉄砲の字を宛てるが別物である。流水の乏しい谷川で木材の流木運送をするとき、川筋に堰を設けてダムをつくり、これを放水して人工洪水を起し、川筋に伐《き》り落された材木を一掃する仕掛けである。非常に危険な作業だから、信心深い山人《やまど》は山の神を祀《まつ》って、その加護を願うというわけである。

山の人は、この国の先史時代からの原始信仰を脱却できず、アニミズム(自然崇拝)の亡霊に取りつかれている。たとえば、ある山村を通り抜けるおりに、この頃天候が不順で困るという話を聞き、帰りに山頂の神祠《しんし》が谷に落ちていたと伝えると、村の老婆は手を合せて、もったいない、それで神様が毎日雨を降らせてお教えになっていたんだ、という。

まったく都会人には割りきれない感情が山の人にはあるが、山の人には都会人の不作法が割り切れないにちがいない。山中の小祠《しょうし》を見つけると、開扉して中の物をサラケ出して拝見するし、ひどいのは目ぼしい物は戴いていってしまう。槍ヶ岳山頂の祠には金銅仏が三体奉安されていたと記録にあるが、大正時代に何者かが持ち出してしまって今はない。この種の不徳義はけっきょく山小屋荒しと同様、登山者の質の問題になってくるから、ここで触れるのはやめておくが、山の人の信仰を登山者が嗤《わら》うことだけは、絶対にやめてほしい。山の人には山の人の世界があり、そこに登山者が割り込んでゆくのだから、来客が主人の行儀を制するマナーが認められないように、いわゆる郷に入っては郷に従い、自分に気に食わないことは目をつぶって我慢して帰るべきであろう。もし我慢できないなら民俗学をはじめるとよい。その観点から山の人の言辞行動を見詰めると、嗤うべきことが貴重な資料に変ってくる。それればかりか、山の人への親近感が増して、サルの仲間のように見えていた人達に、話しかけずにはいられなくなるから奇妙だ。

山村人の気質は戦前と戦後では大いに変った。だんだんと都会人の考え方に近づいて、つきあいにくい人が多くなったのは悲しい。昭和っ子が村を牛耳るようになったとき山村の山村らしさはなくなろう。

＊

閑話休題。冒頭の御幣のある立岩のところに戻ろう。御幣は神の依代《よりしろ》である。大きな神殿の奥の薄暗いところに、御幣が一本立っているのを見て、神道宗教のあり方に疑問をもつ人がいるが、神様は元来お姿の見えないものなのである。神を見るということは奇蹟であって、めったにある事ではない。だが、人間はいつもどこかに神を祀らなければいられない動物であるから、お姿のない神様がそこにおられるということを確認するために、御幣を立てて神をお招きする。それで神が降臨されるかどうかは論外で、御幣の立つところ神在りとして信仰の対象になる。

わが国の民間信仰には、八百万《やおよろず》の神々に属さぬたくさんの神がある。山の神はそのうちの最たるものである。この神の名をオオヤマヅミノミコト（大山祇命）とよぶのは神道の影響で、山民はヤマノカミとしかいわず、女神とも、男神とも、夫婦二神とも、地方によって正体がちがうことも民間神らしい。また、猟師の山ノ神、炭焼の山ノ神、樵夫《きこり》の山ノ神と職業によって別個の信仰集団を持つことも変っている。山寄りの村での信仰は、山の神は春になると里に下りて田の神となり、秋の収穫《とりいれ》が終ると山に帰えって山に住むともいう。これは見方をかえれば水の神の信仰である。山の雪が春暖に溶けて川水が増し、田畑をうるおして農民を扶け、秋の収穫の終るころにはもう山々には新雪が降りて、来年の水を蓄えはじめる。こうした自然輪廻を山の神を田に迎えるという形であらわしたものであろう。

河童は——どうも唐突で恐縮だが——春になると水に乗って山を下り、里辺の川で、いわゆる河童の怪を示し、秋すぎると山に還って山童《やまわろ》となると伝承されている。この河童どのは水の神のおちぶれたものだというから、出水に乗って里に下り、川水の渇れるころ山に戻ってゆく過程はうなずける。けれど、山の神の仕事は水よりも山である。山の動植鉱の生産物を一手に掌握し、人間どもに荒らされるのを拒否する神様だから、山民にはおそろしい存在といえる。

山の神の木かぞえ日という日がある。山の神の木の根改《あらた》めとも総木改めともいう地方もあるが、この日は山の神が自分の山の総木を勘定する日で、うっかり山を歩いていると勘定にいれられて木にされてしまうか、不思議な物に出会うというので、山民は山入りを休む日が各地にある。そんなケチな神様だけど、元来が人間を愛している神だから、タノムといわれると、「ちょっとだけならいいワ」と、晩酌の追加をおねだりしたときに、うちの山の神がいうようなことをいって許してくれる。その頼みますということが、山の神を祭ることなのである。

猟師が狩に山へ入るとき、杣《そま》が新しい場所に斧をいれようとするとき、山中に小屋を建てるとき、要するに山の神の領地で事をおこなおうとするならば、山の神の了解を求めるために、御幣を立てなければいけない。もし忘れたとなると、山の神は怪異の秘術をつくして人間どもを痛めつけ、山から追い出してしまう。山の神は女である、そして多分にヒステリーであるといったら、その怪異がどんなにこわいものか、おわかりになる人もあろうかと思う。

＊

また閑話休題。まわり道の多いのは困ったものである。しかし、私はまわり道は好きである。山で道に迷ってのまわり道は好かないが、物ごとを考えるときなど、いくらまわり道しても損にはならない。すぐに結論に到達しない歯がゆさはあっても、まわり道の間に見聞したことは、後日の役に立つことが多いからである。と、そろそろ横道にはいりそうになってきたから、地図を見なおしてコースを定めることにしよう。そこでまず天狗岩を通ってゆかねばならない。この名は各地に実に多いが、木曽駒の宝剣岳の天狗岩のように、そのものズバリの鼻高天狗の面相に似た岩峰と、なんの奇もない巨岩である場合との二つがある。前者においては、美《うつくし》ヶ原《はら》高原の突端の王ヶ鼻――王とは天狗のこと――がこれに属するように、天狗の最大の特徴である偉大なる鼻の形に似た点から、天狗とよぶもので、百科辞典のテングの項を見れば、テングスミレ、テングザメ、テングチョウなど、その体に奇妙な突起物があるために、テングと冠称される動植物の名称がいくつも並んでいる。これはどうも天狗の神性とは関係ない名前のようである。

天狗さまは人間が自分の縄張り内に踏み込んでくるのが大嫌い。ことに、黒ヒ（死者）、赤ヒ（出産）の不浄を近親に持つ者が入ってくると、天狗倒し、天狗火、天狗笑いなどの幼稚だが効果のあるおどしの手を使って、気の弱い無知な山民を追い出してしまう。天狗怪を科学的に吟味すると幻聴・幻視ということになっているが、まぼろしは潜在意識をもつ者が多く見るものだから、数百年にわたって天狗の実在を信じてきた山民には起り得ることであって、天狗怪を体験したという老人は今日でもたくさん生きている。

あっちで山の神におどされ、こっちで天狗にいじめられては、山民として立つ瀬がないが、実は、山の神が好まざる入山者を拒否する行為と、天狗のそれとは同じものなのである。山の神は山の主としてあり、その神の荒ぶれたおこないが天狗のしわざとして伝えられる。一は神であり、一は魔であるが、天狗は修験者《しゅげんじゃ》（山伏）の住む山を縄張りとしていたものが、だんだんと埒外の山へはみ出し、山の神の領分で怪異を見せるようになり、山の神の手数をはぶく結果になった。

天狗岩の本来は天狗の棲《す》み家《か》である岩のことである。三ツ峠山の岩場に天狗の踊り場と命名された岩棚があるが、あそこなど富士に面した南向きの好適地、天狗がうらやましいお住いである。

＊

太古は山を神とあがめた。あのそそり立つ姿が、天へ通ずる階段と見なされ、神は山頂に降臨して人間界に下りてこられると解していた。中世。修験道者があらわれ、神々の座である高山を開き山岳宗教がうまれ、いかめしい服装の山伏たちの群れが、そちこちの山中を横行するようになった。

みやま颪《おろし》を神の息吹きといい、暴風雨を神の怒りと感得する彼らもまたアニミズムの徒であった。山頂にそびえ立つオベリスク状の巨岩、鳳凰《ほうおう》山の地蔵岩、金峰《きんぷ》山の五丈石を発見した彼らが、造化の神の技巧に狂喜して拝礼したことであろう。富士の釈迦の割石、丹沢塔ヶ岳の尊仏岩（今はない）、相州大山の神籠《こうご》石（これは社殿の内に秘封して誰にも見せない）、豪壮怪異なることにおいて比類をみない甲斐駒ヶ岳の摩利支天の岩峰。どれもが皆、山民が天狗岩に対するような傍観的なものではなく、山の修験者がけんめいな祈りをささげて拝するところである。

山民にしても、山頂の岩に祈願して雨を乞う雨乞《あまごい》岩や、オイヌ岩といって狼の寝床になっている岩に、狼が産をするとウブヤミマイに塩と赤飯をもってゆく習俗があった。狼は神の眷属《けんぞく》だからである。

＊

山岳は神の座所だが、その山中の一地点に神がいるとすれば、そこは岩のある所であろう。岩は神の宿りたもう所だ。日本帝国の始祖アマテラスオオミカミが、アマノイワトに隠れた古事も、神が岩に宿ることを語るものである。岩戸と書いて戸のある岩屋のように解されているが、トは所という解釈もできるから、大きな岩のうしろに隠れたとも思われる。岩戸の戸をタチカラオノミコトが取りはずして、投げ捨てたのが信濃の国に落ち、戸隠山の名が生じたというのは余談である。

トはトコロということ。まわり道になるが岩と関係ある例で述べよう。甲斐の国に強盗《がんどう》峠というのがある、また雁戸《がんど》山もある。前者には峠に強盗が出て云々の地名伝説があって、不勉強な登山者はゴウトウ峠などといいかねない峠名だが、実はガンドで、ガンのある所、すなわち岩のある峠のことである。地名を解釈するには仮名になおして見るのが第一歩である。また似たような地名と地形や所在物をくらべてみる。そこからヒントが出ることもある。ある雑誌のグラフページに奥上州の鹿《か》ノ岳の図があった。山頂部に立派な岩峰がある。その以前に上州の叶後《かのうご》という所の写真を見たことがある。タケノコ型の岩峰が二つ並んだ間を山道が通っている風景だった。このカノウゴのカノと、カノダケのカノとが岩があることにおいて関連がないだろうか、カノとは土地の方言で岩峰をいうのかどうか、私に結論はない。どなたか教えていただければ幸いである。

ガンは岩壁のガンと同じだが、山民語に岩壁はない、カベである、ガンカベとかイワカベという。東北地方でガンクラ。俗にいえば幕岩、障子岩、衝立岩《ついたて》。この家具の歴史を考えて見るとコトバの発生順序がわかる。

このように岩をいう山民語は、イワ、ガン、クラの三つがある。山の岩場に好んで棲む羚羊《かもしか》に、イワシカ、クラシシ、カベトリなどの異名があり、この三語はほぼ同じように分布している語だが、クラは古語であるといわれている。谷川岳周辺の、一ノ倉、俎嵓《まないたぐら》、仙ノ倉などの地名は、みな岩に関係したものだ。一ノ倉の奥壁は文字通り一枚岩で、適切な名をつけたものだと思う。岩手県雫石《しずくいし》地方では断崖絶壁をイワガンクラという、これは大変めずらしい地形語である。このように同意語をかさねて用いるのは、そのなかの古語の意味が不明になって、わかりやすい語を追加した場合が多い。たとえば、膳棚《ぜんだな》の滝と書くと固有名詞のようだが、これを分解するとセンは滝の古語、タナは水あれば滝をなすところで滝と同語、それにタキだから、なんのことはないタキタキのタキである。地形語にはこんな面白いものがあるからたのしい。

大菩薩連嶺の各所にゴテンという山名が少なからずある。御殿と宛てるから広い場所であろうかと思い、地形図を見るとみな岩場の記号がある。友人の話で槍ヶ岳の頂部岩峰もゴテンというそうだから、これは立岩の方言と解してよいと思う。同じ甲州でも、七保の釣人はタテという語をつかっている。これはイワカベをカベというたぐいで、タテイワの略語であろう。

＊

女が岩になったという話が信仰の山ではよく聞く。立山に姥《うば》ヶ石があり、日光に巫子《みこ》石がある。その他の山には姥ヶ石というのは例が多い。信仰の山は女人禁制《によにんきんぜい》で女は登山できなかった。それを巫子が、わたしは神に仕える身だから不浄はないと、のこのこと山に登っていったら、山神の怒りにふれて石にされてしまった、と伝説は語っているが、だいたいにこの石のある辺りが女人結界の境であったらしい。

古事記に出てくる、山の神でないほうの大山祇命に、姉をイワナガ姫、妹をコノハナサクヤ姫という二人の娘があった。大山祇はこの姉妹をニニギノミコトに奉り、いずれかよろしきをお召し下さいといった。姉は岩のようにゴツゴツしており、妹は咲く花の匂えるように美しかったからミコトはキレイなほうを取って姉を返してよこした。イワナガ姫はすっかり怒ってしまった。女としてこんなに恥をかかされたことはないからだ。伊豆の国の伝承によると、伊豆半島の突端雲見崎に雲見の浅間《せんげん》山がある。ふつう浅間山にはコノハナサクヤ姫を祀るのだが、どうしたことか雲見にはイワナガ姫が奉祀《ほうし》してある。姉は妹が大きらいで、妹は姉に申しわけなく思っているが、富士山が明らかに見える日は雲見の浅間山には雲がかかり、浅間山が晴れている日は富士が顔をかくしているという。それがもう二千年つづいているのだから女は執念深い。

サクヤ姫はしあわせであった。霊峰富士のいただきに住み、群山にかしずかれ、天孫に愛されてくらしていた。イワナガ姫はくやしくてくやしくて、ある日、彼女は山頂の妹と対決しようと、富士山北口を髪を乱し血相を変えて走り登っていった。だが、五合目に達したとき一塊の石に化してしまった。いまの小御岳石尊がそれである。石尊は相州大山に石尊大権現がある。そのほか石尊と称する社寺は少くないが、岩石を本尊として信仰するものである。本稿のはじめで述べたように岩は神である。イワガミともよばれるが、さざれ石のいわおとなりて、と国歌にあるように、岩石は年々成長すると考えられていたし、豪快な姿に神性を感じたのであろう。

庚申《こうしん》という年は六十年目にめぐってくる。富士山は孝霊天皇元年庚申の年（西紀前三〇〇年）に雲霧晴れて出現したとの縁起によって、庚申は富士山の誕生年に当るところから山麓各地の浅間神社では盛大な祭礼がおこなわれる。最近の庚申は大正九年が第二十八回目に当ったが、その前の万延元年はまだ女人禁制時代だったけれど、その年には五合目小御岳まで女人を登らせている。山で女が岩になったという伝承は、女人結界の習俗と結びつくのである。

＊

私の雑誌はこれでおしまい。序論を書いているうちに、本論も結論も書く元気を失って、全くの雑誌になってしまったのは愚かなことである。お許し願いたい。いま私は大変にねむいのである。失礼して一眠りすることにしたい。

岩科小一郎（いわしな・こいちろう）一九〇七年生まれ。一九九七年没。「山村民俗の会」主宰。

甲州街道・鶴川宿の夏

小俣光雄

国道二〇号は山梨県に入ると、ゆるく坂を登って上野原の街を通り、警察署の前から長い下り坂になる。両側の石垣が終ると正面に中央道の鶴川橋が架り、そこから右に分かれて橋を渡ると、旧甲州街道・鶴川宿である。

八月に入ると、いつもの年のように新井の盆踊りの練習が賑やかに始まった。鶴川でも幾晩か遅れて、無住の理法寺の庭で始めたが、寺は宿《シュク》と上野山の中間の高さにあるので、私の家などでは、川向うのスピーカーの音の方がずっと近く聞える。
ここから新井の電灯の点いた櫓まで一直線だし、音は川の上を飛び越えて、いきなり上野山に落ちて来るみたいだ。

近年、鶴川の女房連は、物の怪に憑かれたように、いわゆる民謡に血道をあげている。民謡とは云い条、ローカルな土の匂いの漂うフォルクローレではなく、終戦直後にあっちこっちで打たれた演芸会、あの舞台で踊られたのと同じレベルのものなのだ。むしろ、三十年も昔の演芸の方が、娯楽に欠けていたというだけ、今よりも土着の匂いがあったと云えるのではないだろうか。

夜半に宿を車で通る時、三味線を大事に抱えたバアサマの姿を見ると、夜鷹の帰りの現場にぶっつかったような、形容し難いうすら寒さを覚えないでもない。

そんな具合だから、お寺の庭の踊りの輪も、恐らく七分どおり宿の人達で占められていて、上野山のバアサマ連も、よっぽど頑張らないと輪からはみ出しはしないか。夜遅く、練習から帰って来る人達の話声も、日増しに活気に満ちて来る。

……鶴川にしろ新井にしろ、踊りに使う歌は例年と変らない。武田節を踊るのだったら、時には縁故節をやってもいいと思うし、上野原音頭などというのも、ひとりでに生れて来てもおかしくないだろうに。……

宿にはFちゃんという、踊りの素晴らしく上手な女性がいるが、子供の頃からすでに、身振り手振りが踊りに適うとして有名だった。本人も踊りが大好きであっちのお祭り、こっちの演芸会と踊って、今では三十歳を過ぎたが、身体のこなしは流石《さすが》にぴたりと決っていて、着物姿などそこいらの若手芸者なんぞ、及ばないくらい妙にキリッとした色気が滲み出ている。

Fちゃんはもともと、そうした踊りに才能があって、しかも一生懸命に踊り歩いたから、それなりの流派で大事な地位についたようだが、宿の女房連は、子育ての忙しさから解放されて、目が醒めたように、歌や踊りに熱中している風がある。

もともと鶴川には、私の記憶する限り、盆踊りの習慣は無い。踊りの好きな人達は、隣りの八米《やごめ》部落へ出かけたようだ。今は八米の盆踊りが無くなり、二十年も昔だったら、お盆客の接待に大汗を掻くはずの女房連が、そのお客に見物をさせて、子供達と輪を作っているのだ。

連夜の精進を、なかばあきれながら聞いていると、季節の盛りを懸命にもり上げるというよりは、夏の終りを招き寄せているような気がして、何か私は夜が苛立たしい。

五号台風が来るというので、十五日の晩に八ヶ岳の谷に入る計画を止めにし、十六日は午後から、日川の木賊《とくさ》部落を見たくて車を走らせた。篠つく雨の中で棲雲《せいうん》寺を見物して、家に帰ったのは六時半頃だった。

宿の家並みに送り火の跡はなく、所在無げに高校生達が、オートバイを並べて遊んでいた。そう云えば、大和村からこっち、鳥沢の宿で一人の子供が麦カラを持っていただけだった。

迎え火、送り火の儀式が廃《すた》れて何年ぐらいになるだろう。私の記憶の中では、迎え火の方が鮮やかだ。西の権現山の上の空が夕焼けに染まり、家々の軒下から白い煙が流れて、その煙の下で赤く火が燃えているのが、夕焼けと奇妙に釣り合っていた。

煙は出来るだけ多い方がいい。近所の仲間に負けないように、私達はそれぞれが物置から麦カラを持ち出して、よそに負けないよう、煙が多く出るように苦心してくべるのだった。親に命じられて火を燃やすのではなく、子供達の楽しみであり、意地でもあった。

十六日の晩を最後に、夜空を掻き乱していた歌は終った。半月の間に、虫の声も増えていたし、庭に落ちる柿の実の音も、今ではもうかなり大きい。

しかし、静けさは束の間だ。プレーヤーの代りに、お寺には大太鼓、小太鼓が据えられて、

「オッテケテンノ・テレンコ・テッテッ、オテテケテンノ・テレンコ・テッテッ、……」

跡切れることもなく、祭太鼓の練習が始まった。習い初めは音が揃わない。気が合わないと云うのだろうか、合の手がもつれ気味なのだ。

太鼓の音は単調だが、敲《たた》き手の個性がこもっており、ふっと気づいて、

「幾つぐらいのが敲いてるのかな」

大小の絡み具合から、太鼓敲きの年季の入れ具合が分るものなのだ。

耳を澄ませていると、鶴川の太鼓の切れ目に、諏訪の太鼓が遠く聞える。お盆が過ぎて、上野原の祭りの季節がやって来たのだ。

鶴川ではお盆の十五日、朝からお宮に集まり、境内から川っぷちの権現さままで、道造

りするのが習わしである。でこぼこを埋め、草を削りながら、その年の祭典総理を決めるのだ。宿が二年、上野山が一年の割りで総理を選ぶのに、これはなかなかの難事であった。かりにも旧甲州街道の宿場、荒っぽいと天下に知られた鶴川のお祭りである。この界隈、町の牛倉様、お諏訪様、鶴川の天王様と、八月・九月の三大祭りで名が通っている。だからこそ、お盆に帰らなくても、よそに世帯を持っている次男、三男。嫁にやった娘は無論のこと、家嫁の実家、子供達の友人、おやじの友人などが、ここぞとばかり押し寄せて来るのだから、祭典総理になるのは名誉この上もない。

しかし、出費が怖いのである。今年は宿の番であった。

十九日のお諏訪様、月が晴れ上って、太鼓の合い間に花火の音が聞えた。昔から、

「お諏訪様に降れば鶴川は天気。諏訪が晴れれば鶴川は降りだ」

と云われている。去年がそのとおりだったから、また降られるのかと、諏訪を喜んでばかりはいられなかった。

終戦直後、どうせ牛倉様にも遊ぶんだし、お盆から二度も三度も酒まんじゅうを作るのは勿体ないから、お祭りを牛倉様と一緒にやろうじゃないかと言う提案を、四十・五十のおやじ連から出されたことがあった。遊び盛り、祭り好きの年代だった私達は、とんでもないことだと反対したが、どうも鶴川の中老は、古いものや慣習を平気で棄てるようなと

ころがある。よく言えば改革と取れないこともないが、あまりにも発想の次元が低い。その時は年寄りが反対して、

「鶴川の祭りは鶴川のもの、よそと一緒にやることはない」

そう云って取り止めにしてくれたのだった。

太鼓の音は激しく毎夜続いて、二十五日の夜は台風六号明けで晴れた。上野原の新町から祭り見物に来た知り合いの女の子は、

「今でもこんな凄いおみこしが有ったのね、素晴らしかったわ」

それは確かだ。牛倉様では神輿《みこし》も山車《だし》も、街を通ることが出来ないのだから。今、町内で神輿が景気よく押されるのは、鶴川と野田尻だけだし、甲州街道を西に下っても、東に上っても、このくらい激しいもみ合いがある神輿は、そうざらには無いだろうから。

二十六日の晩、私はお宮の拝殿の庭から、お寺の庭の俄か舞台のざわめきを見下していた。宿へ下る狭い急な石段の両側には、杉の木が大きく育っていて、昨晩と今晩だけは、下の通りからここまで電灯が点いている。昨年、境内の欅を売った金と、寄付金で新規普請した拝殿の中にも、明るく蛍光灯が点いて、床に張られたカーペットを照らしている。

私の息子は、昨年青年部に呼ばれてお祭りの相談に出た晩、帰って来るなり、

「あんなものがお宮かよ！」

吐き捨てるように云ったのだが、薄オレンジに塗られた柱や、水道の流しまである拝殿、外まわりのコンクリートなどを見つめていると、おとしまでぼろなりに私達に抱かせていた、鎮守《ちんじゅ》のイメージが、もうどこにもないのに気づくのだった。

お宮とは何なのか、お祭りとは何なのか。舞台では喉自慢が始まるらしく、拍手が鳴っていたし、そのうちにFちゃんも踊るだろうと思ったが、私はもう、鶴川の住民であることすらも恥かしく思えて来た。

変えることに何のためらいも見せぬ、この潔さ。これは鶴川の渡しの人足だった昔からの、誇るべき遺産なのだろうか。消防の法被《はっぴ》を着た男衆が二人、裸電灯の下をバス停の方へ下って行き、それにからかわれながら、浴衣を着た女の子が、演芸会の会場へ入って行った。

祭りはあと一つ、牛倉神社が残っている。

小俣光雄（おまた・みつお）一九三二年生まれ。一九九九年没。会社員。

石鎚《いしづち》山への慕情

畦地梅太郎

学校から帰っても、わたしは、学校の本など開いて見るなどということはなかった。勉強するところは学校だからという考えがあったわけでもないが、勉強は家ではしなかった。わたしが勉強しないのと同じように、隣り近所の子供も同じだった。たまに、読本を声張り上げて読んでいる子供がいると、その声をきいた大人たちは、よう勉強しているな、といってほめたものである。そういうことでは、わたしは一度だって大人たちからほめられたことはなかった。どちらかというと、餓鬼大将組の一人に大人たちから目をつけられていたかもしれん。

百姓の家に、自分ら子供だけの部屋などあるはずもなく、わたしの家などは、おじいさんも使い、おやじも使ったものと思える古びた寺小屋式の机が、部屋の縁側近くにひとつおいてあるだけで、本箱などもちろんなかった。古机の上にあるのは、学校からもち帰ったままのカバンだけであった。

学校から帰ると、カバンを古机の上に投げだし、一人勝手に茶の間で麦飯のお茶づけをかっこんで、早々に表に飛びだしたものだ。わたしの遊び場は村の中一帯であったが、夏なら田んぼや溝や川であり、冬なら裏の山を駆けめぐったものである。

四万十川の支流で、源流に近いから、流れの水は透きとおって奇麗だった。さかなの種類も多いが、鮎はどうしたものか、七、八キロの下流にはいたのに、わたしたちの村の川までは登ってこなかった。

川向うの村の田んぼに水を引き入れる大きな堰止めがある。堰止めた上の方は、深い淵で水がよどんでいた。向う岸は、戦国の世の砦の跡が山上に見られる小高い山の裾である。原始林のありさまで水の上へ樹木がおおいかぶさり、うす気味のわるい淵だった。誰も見たものはないが、そこの淵には、とてつもない大きな鯉の主がいるということだった。わたしたちは、気味のわるい淵では水泳ぎもめったにしなかった。鯉や鮒などの大物をねらうさかな採りもしなかったし、そこは大人たちのさかな採りの場所であった。

堰止めの下は、広びろとした中州の河原になっていて、河原へ行くには浅瀬を渡るのであった。てんぴに身体を焦がしながら、浅瀬でこざかなを追いまわして遊び、日の暮れるのが、いつも惜しいくらいであった。

家の裏から山である。裏木戸を出て山道を進むと、隣りの旧家の旧墓地の下である。手入れのないやりっ放しの竹藪に突きあたる。旧墓地と竹藪の間を道は曲がって山への登りにかかる。一帯が旧家の屋根山で、アカマツ、クロマツ、シイ、カタギ、クスの巨木が繁っていた。何十年何百年の樹木だろう。旧家の瓦の屋根は落ち葉で埋まっていた。この原生林のなかが、よい遊び場であった。

旧墓地は、旧家の祖先が飛騨の高山からこの土地へ移ってきて、庄屋づとめをしてからの墓地だということである。一番大きくて立派なのが初代の人の墓石で、どの墓石も苔がいっぱいついていて、文字もはっきりしない。墓地につきものの陰気さや、怪気さがなくて、そこにあるのは、ながい間、風雨にさらされっぱなしの、歴史を偲ぶにふさわしいありさまだけである。

前に旧墓地と書いたが、旧家の墓地も、明治以来は、村の共同墓地の一画へうつり、新しい村の共同墓地の中で、昔ながらの旧庄屋としての墓地の格式を見せている。村の百姓の墓地も、明治以前の墓地と明治以後の墓地が別べつの場所にあって、お彼岸やお盆のお墓まいりもややこしいことである。

旧家の旧墓地の裏側にあたるところも広くはないがシイの巨木の林であった。シイの実の落ちる季節になると、林の中も旧墓地の墓石のまわりも、落ちこぼれたまっ黒いシイの実でいっぱいになった。シイの実拾いも季節の一つの楽しみだったが、がやがや騒いでわたしら子供仲間がシイの実を拾っているのを、旧家の人がいち早くかぎつけて、旧家の裏庭の方から、こらあ！　と一声どなられるのはこわかった。どなられると、わたしら子供仲間は身をちぢこまらせて、一目散にシイの木ばやしから駆けおりて、知らん顔していたものだ。

シイの木ばやしの上の方は、山を切り開いた畑であった。旧家の主人のその時その時の思いつきで、夏ミカンの畑になり、富有ガキの畑になった。いまは手のつけようのない荒れ地になっている。

荒れ地につづいた東側は、南をうけて灌木《かんぼく》が繁り、日当りがよい。灌木のなかをくぐりぬける遊びをするには、もってこいの場所であった。小鳥の巣などよく見つけた。モズの巣を見つけたときはよろこんだ。卵が三つもあった。卵が雛にかえったら家で飼おうと、おやじの大事な細工道具をもちだして、竹をこまかく割ったのを金網のかわりにして、鳥を入れる大きな木の箱を作った。

細工道具をだまって使ったことでは、おやじは散ざん小言をいったが、モズの木箱を見て、鶏でもはいれるな、といって笑った。

箱ができあがって、いつでもモズの雛が入れられる段になって、モズの巣から卵がなくなり、親モズも姿を見せなくなった。モズの巣が気がかりで、再々モズの巣をのぞきに行ったのがいけなかったのである。これはあぶないことになったと、親モズが安全な場所へ卵をはこんだのである。わたしは、もう、がっかりしたものだ。その上、みんなから物笑いの種にもされた。

灌木の繁ったところからは川向うの昔の砦の跡が残る小高い山と、谷をはさんで、村の氏神さまを頂上に祭る社のある山とが、ま正面である。

山を背中にして山の裾に、川の流れを背中にして山へ向いて、向かい合って人家が二列に並んでいる。人家と人家の向かい合った間は、せまくて細長い水田が下流の方へ続いている。山と山との小さい谷あいは、奥まで人家がある。山と川にはさまれて細長くせまい村ではあるが、村全体がかなり裕福であった。ここだけでひと部落になっている。

川向うではあるし、村がちがうせいもあって、わたしらの子供のころは、ほとんど、その子供らとは遊んだことがなかった。一緒になるのは学校だけであった。

谷あいの入口にある農家の子は、わたしより学校が一年下であった。その子の姉さんはわたしより二年上であった。姉さんは学校でもよい子であった。どちらかというと丸顔で、下ぶくれの顔のようであった。弟の方も顔立ちもよく、学校の成績もいい子であった。村の内でも、その村の旧庄屋のつぎぐらいの裕福さであった。学校へ通うのにも、さっぱりとして整った格好をしていた。わたしらのように鼻たれ小僧のありさまではなかった。

四年生であったわたしが、早熟だ奥手だなどということはおかしなことだが、学校の庭でちらりと見るその姉さんの姿は、ほんとうにまばゆいものに映ったものだ。

裕福な家ではあったが、姉弟の父親は、家の者みんな残して、たった一人で太平洋のどまん中、ハワイの島へ渡っていたのである。その留守のまに、姉弟の母親が病死するという悲しいできごとがあった。

　集まっていた親類縁者の人らは、母親が息を引きとったとたんに、もっとも身近な男の人ら、三人、五人が、その家の屋根の一番高いところに登り、屋根瓦をはがして天の空へ向かって大声で死者の名を呼びつづけた。死者の魂を、ふたたび呼びもどす行事であった。身近な人らが切なく呼びつづけても、死者の魂はかえってはこなかったけれど、子供のわたしは、屋根の上の人影と、なにかふわりと立ちのぼる煙のようなものがまぶたにやきついていて忘れられない。

　姉弟の父親がハワイの島から、飛ぶように気ぜわしゅう帰ってきたのだろうが、わたしはそのことの記憶はない。

　わたしの六年生のときであった。ハワイがえりの父親がその息子一人をつれて、石鎚山《いしづちやま》参りをしてきたのである。その子の石鎚山参りの話は学校でぱっとひろがった。石鎚山で鎖にすがって登るときは、足で岩壁を突っぱるから、鎖と岩壁には大きな開きができる。子供の足は岩壁へとどかない。その子は父親の肩にのっかって鎖をたぐって登ったときいた。その話をきいて、わたしはうらやましくてたまらなんだ。

　石鎚山参りは、夏のお山開きになると、毎年誰かは村からも登ったので、めずらしいことではなかった。わたしらもお山開きの季節になると、山の急な斜面に荒縄をぶらさげたりして、ナンマイダンボウのお経をまねた遊びに夢中になったものだ。そのころから、本物の石鎚山へ登りたいものだと一心に考えだしたようである。

近くの山遊びではなにか物たりぬようになった。山へはいっても、もう少し先へ進んで見ようと考えたり、ついに、海の見える所まで登ったときは、晴ればれとしたうれしさで気持がいっぱいになったのを忘れられない。

おやじや兄につれられて、郡境の山へ登ったときは、東の遠くの方に、幕を張ったような平べったい山を眺めた。それは四国でただ一つの大野ヶ原高原であったことは、ずうっと後になって知った。

石鎚山へ登りたいと考えるようになって、自分の足で実際に登ったのはそのころから数えて二十何年も後のことである。思えば、ながいこと思いめぐらしていたものである。

畦地梅太郎（あぜち・うめたろう）一九〇二年生まれ。一九九九年没。版画家。

花崗岩《かこうがん》の断片

尾崎喜八

私は花崗岩を、御影石《みかげいし》という名で教えられた。

九つか十の夏だったろうか。その頃まだ商売をやっていた父親に連れられて、関西の灘や西宮《にしのみや》の醸造元、いわゆる「荷主」の家を歴訪した。いずれも堂々とした立派な構えで、大阪弁を発散する賑やかな家族と多勢の使用人。東京からの客である少年の目や心には、まるで遠国の御大尽のところへ招かれているような気がして、せっかく相手になって遊んでくれる同じ年ごろの「ボンチ」や、少し年上の愛想のいい「イトハン」にもかかわらず、早く東京隅田河畔の、住み馴れ遊び馴れた我が家へ帰りたいという幼いホームシックに苦しんだ。

その旅行の終りごろ、或る日御影《みかげ》の石屋という村を見物に行った。そこは有名な石切場の村で、ほとんどすべての家が岩石の切り出しや加工を業とし、見わたす風景が磊々《らいらい》と白く乾いて、子供の目にも味きなく映った。そして今思えば、遠く霞んだ記憶のかなた、村の背後に高い険岨《けんそ》な岩山がつづき、前方にアワビ貝の内部のような虹色の海が光っていた気がする。山はおそらく六甲山で、海はすなわち大阪湾だったのであろう。そしてその時初めて、この明るい堅い風景を形成している真白な岩石が御影の村の御影石だということを、私は父を通じて案内役の番頭から教えられたのだった。

　中学の二年、どの学科よりも好きな理科の時間と、誰よりも愛し敬っていた波江先生。たとえば波江《なみえ》蝶や波江啄木鳥《げら》など、奄美《あまみ》大島や琉球列島産生物の多数の新発見者であるその波江元吉先生が、痩せた白い手の平に扱い馴れたように載せて、その特徴や成因を講義された切り餅形の岩石標本。その中に学問上の花崗岩、すなわち忘れて久しい御影石もあった。それは薄茶色の堅い安山岩や、桃色の地に白い縞のはいった石灰岩や、黒くてごつごつした玄武岩や、水色をして柔かい凝灰岩などと同じように、薄い四角な紙函に入れられ、古いもめん綿にくるまっていた。

　私は波江先生によって、今までの植物や動物に加えてここに新らしく岩石や鉱物の世界への興味を目ざまされた。石という物はどこにでもあって誰の手にも持てるのがいい。それが小さいと子供の手の中にも納まりながら、なおしっかりした形の感覚を与え、質の堅さと重さとを感じさせ、その縞目や粒つぶの模様はいつまでたっても消えることがなく、常に静かに冷めたく美しい。その上彼らにも種類が多く、しかもその種類によって一々違った名称がつけられているとしたら、初学者である子供の知識欲はいよいよ強く鼓舞されるだろう。名を知ることは親しみを一層増すことであり、それはやがて知識と愛への相隣った道を開くだろう。ともかくも中学二年の私がそれだった。爾来私は道路の砂利の中から美しいのや気に入った小石を拾い、遠足や避暑の折には必ず珍らしいと思われる岩石の小さいのを採集した。

或る時私は先生から一箇の花崗岩の標本をいただいた。念を入れて五センチと四センチぐらいの長方形に断ち割ったもので、表面が滑らかに磨いてあり、先生が私のためにわざわざ造って下すったということだった。そしてそのでこぼこした裏側には小さい貼り紙がしてあって、「甲斐昇仙峡」と先生の自筆で書かれていたが、その昇仙峡なる処がどこのどんな処か、まだ見聞も貧しい十四歳の私には想像もつかないことだった。

＊

大正十二年（一九二三年）に私は「花崗岩」という詩を書いた。その翌年に出版された第三詩集『高層雲の下』の終りに近い一篇だが、海を見おろす山の石切り場から花崗岩を切り出す一人の若者の姿と、彼をめぐる日本の秋の風光との詩的設定が、これを書いた当時の私というほとんど無名で孤独な詩人の、その仕事への情熱《パッション》とみずからたのむ精神《エスプリ》と、反俗の心境《エタ・ダーム》とをいくらかの成功をもって象徴しているように思われる。

山の半腹には
金色《こんじき》の日光がさざめき光り、

山のまうえ、はるばるたる大空には
雲の高いつばさが飛び、
断崖のました、荒磯の岸をめぐって、
海は青と白との波模様を敷きひろげる。

ああ、鉱石のように
冷めたい、清らかな、日本の秋の風！
その秋風を額《ひたい》にうけて、
ここ、曼珠沙華《まんじゅしゃげ》の血の色のしべが
十月の心を刺し縫うところ、
若者は山のはだえに鉄槌を打ちあてて
花崗岩の巨大なかたまりを切りいだし、
また、乗りまたがってこれを割る。

大空にこだまする鋼鉄の槌の響きよ！
花のあいだに飛び散る屑よ！
発矢《はっし》とばかり四周の秋に打ちあてて

鏗然《こうぜん》と響きをおこす何たる法悦、何たる陶酔！
樫の柄をにぎるたなごころに、
巑岏《さんがん》たる大地の脊骨を感じ、
またその飛び散る鋭いきれはしを
明るい無垢の瞳に映して、
新らしい勇武に、清爽な美に、
その汚れぬ魂をよりかからせるのだ。

ああ、日本の秋の
天空と雲と、花と風と、
際涯《さいはて》なき海のはるばるたる波模様！
ここ、断崖の高い石切り場に
十月は、今、金色の日光を降りそそいで、
青春の鉄槌がえがきいだす
白と、薔薇《ばら》いろと、藤紫との
花崗岩の輝々たる紋理に接吻する！

堅い物を堅い中から切りいだすという想念はリルケにもあったと思うが、秋の太陽と野の花と、岩石を切りうがつ鉄槌とのイデーは早くから私にもあった。そしてその雄々しくいさぎよいイメージがその頃の自憑の精神や誇らしい気持と合体して、この一篇は一夜にして成ったのだった。しかしそこに遠い幼時の御影の記憶や思慕の先生の思い出が、意識下の闇から煙のように立ちのぼって来なかったとは私にも簡単には断言できない。

＊

昭和八年、それとも九年の事だったか、河田楨さんに誘われての四月の山旅。甲州瑞牆《みずがき》山《やま》と金峯山《きんぷさん》。私にとっては予期さえしなかった花崗岩山地とのもっとも親しい対面だった。来る日も来る日も快晴つづきの六月なかば、奥秩父の山々は樹々の若葉とツツジ、シャクナゲの最盛季だった。私たちは中央線韮崎《にらさき》駅からバスで八巻の終点まで行き、そこから塩川、通仙峡と歩いて増富《ますとみ》温泉の宿へ着いた。しかしその途中、東小尾《ひがしおび》の山間部落からちらりと見えた金峯山とその頂上の五丈石との雄渾な姿は、私という山の初心者の魂を引っとらえるのに充分だった。ああ、あこがれの金峯山はこちらへ金字の山容をむけ、午後三時の日光を燦々と浴びて、まるで金と緑の宝塔だった！

あくる日は案内の人夫を雇って本谷川の若葉の谷を金山まで行き、そこの一軒家有井益次郎の庭先から改めて結束して、当時まだあまり訪れられていなかった瑞牆山へ登った。

松平峠から金峯の里宮、やがて富士見平をこえて天鳥沢、そして右岸の小径から、狭いクーロアール状の岩稜の間をまっすぐに一気に登りつめた。その瑞牆山は花崗岩の砦《とりで》、こんじきの岩峯をちりばめた一箇巨大な宝冠だった。私たちは山頂の炎天下、雷気をはらんで暗く霞んだ大気の奥に夢のような八ガ岳の連峯を眺め、また明日はその頂きに立つべき金峯の威容を目の前にして息を呑んだ。そして降路には山の西側の昼なお暗い原始林をとり、不動の谷から松平牧場を横ぎって、途中満開のシャクナゲの藪と闘いながら、急に襲って来たどしゃ降りの雷雨の中を、その夜の宿である有井の家へ帰りついた。

快晴の翌朝、私たちは湧くような小鳥の囀《さえず》りの中を、金山から富士見平へと昨日の道をとった。その富士見平では富士や甲斐駒・鳳凰などを眺めながら、竹樋から滴る清水を飲んだ。それからいよいよ金峯プロパーの登路だった。まず陰沈と暗い針葉樹の原始林をからんで登る横八丁。やがて道の下へ現われた建設後間もない大日小屋。ここで湯を沸かし、弁当のくさやの干物を焼いていると、大日沢を横ぎって頭の上でホトトギスが鳴いた。更に密林を登る縦八丁。そして二十五分で大日岩。巨大な象の頭のような花崗岩の大露頭で、試みに腹這《はらば》いになってずり上がると、太陽に焼かれた岩は伏せた釜のように熱かった。ここまで来ると昨日の瑞牆はほぼ等高。金峯の岩稜は山体の白と這松の緑に飾られて虚空に弓なりの曲線をえがきながら、その末に五丈石の尖塔を押し立てていた。

登竜門をすぎて砂払イの森林限界。曲がりくねった岳樺と葺《ふ》きおろしたような這松。もうここからは伸《の》し懸《か》かる白い岩石の間を縫って、苦しみよりも楽しみ多い登りだった。やがて躍る白馬のたてがみのような稚児《ちご》ノ吹上ゲ。そして漸くにして辿りついた金峯山頂。私の紀行文にはその時の感慨が次のように書いてある――

「午後一時十分前、ついに五丈石の脚下へ立った。八雲立つ天の下、頽岩と白砂とのひろがりにまぎれて、八千五百尺の高みを行く者、ただわれわれ二人の小さな姿だけだった。風が吹いていた。風は這松の枝を鳴らし、磊《らい》々とした巨岩の稜《かど》々を鳴らし、人間の耳朶を鳴らして渺々《びょうびょう》たる大気の灘《なだ》のひびきを伝えた。上着を脱いで胸をはだけると、汗まみれのシャツがはたはたと鳴った。髪の毛が逆立った。それは風のためばかりではなかった。高峻にしいられた真摯な気持は、なぜか憤怒の感情に似ていた」

その午後、私たちは小室沢へ降って水晶峠を通り、白平の三角点と覚ぼしい高みから楢峠へ出てその夜の泊りの上黒平へ下りついたが、金峯山頂直下の片手廻シの嶮岩といい、その下の鎖を使う鶏冠岩《ときかいわ》といい、到るところ花崗岩との闘い、花崗岩との親しい応接だった。そしてその翌日荒川の渓谷を昇仙峡までくだりながら、屏風岩、覚円峯、重箱岩、滑り岩など典型的な花崗岩に接したのだが、やがて書くことになるこの山旅の紀行文に、「花崗岩の国のイマージュ」という題を与えようと思いついたのは、実にそこから乗る甲府行のバスの踏段に片足かけた瞬間だった。

＊

今私の机の片隅に、辞書ほどの大きさの花崗岩が置いてある。私はこの石を割って形をととのえて、両面を研《と》いで磨いてぴかぴかにして、一個の文鎮を作ろうと思っている。夏の毎日の閑暇を利してするこのささやかな工作が、想像するだに今からどんなに楽しいか！

この石を私はおととしの木曽の旅から持ち帰った。その徒歩旅行の四日目の朝は寝覚《ねざめ》だった。私は起きぬけに例の寝覚ノ床を撮影に行って帰って来ると、その夜の泊りの須原へ向かってルックザックを背負って歩き出した。その時宿の主人が私を引きとめて、「もしもまだ御覧になったことがなければ、この先の木曽川の支流の滑川《なめがわ》をぜひ見ていらっしゃるように」と言った。それで私は宿を出ると、中山道《なかせんどう》を少し行った処から左へ折れ、低い丘陵地をこえてその滑川の岸へ出た。なるほど横道をして見に来るだけのある見事な眺めだった。木曽駒ガ岳の本岳と剣ガ峯との間からまっすぐに落ちて来た水は、そのあたりで広々と谷の幅をひろげているが、その広い河原が見るかぎりうねうねと奥のほうまで真白なのだ。おまけにちょうど秋のもみじの盛りの時で、大小の花崗岩塊で埋まったその純白な河原が、両岸の赤や黄のもみじと照りはえて得も言えない眺めだった。もしもなお一日の余裕があったら、私はそこで半日なり一日なりを眺め暮らしさまよい暮らすために、喜んで寝覚の泊りを重ねたろう。
その時に河原へおりて、新鮮で手頃なのを拾ってきたのがこの美しい石である。私はこれで花崗岩の標本兼記念のための文鎮を作ろうというのだ。打ち割るハンマーはすでに有るし、研磨の道具、すなわち数枚の鉄板や細粗のカーボランダムも用意してある。涼風《すずかぜ》かよう夏の日陰の縁側で、茂りに茂った庭を前に、私は玉磨の翁を演ずるのだろうか。いや違う！　堅い材からイデーの原型を割り出して、それを研いで磨いて一個の具象を生み出すこと、これこそ詩人私にふさわしいもう一つの作業なのである。

尾崎喜八（おざき・きはち）一八九二年生まれ。一九七四年没。詩人。

石のファンタジア

伊藤和明

べるくくりすたる

それはどこの山だったかはっきりとは覚えていない。南アルプスだったかもしれない。その深い山奥に水晶のいっぱい光っている谷がある。そこはいちめん水晶に埋まっていて、霧の中で手探りをしても触れるのはみな水晶ばかりだという。だがそれを採ろうと思ってこの谷に踏みこんでも、ぜったいに帰ってくることはできない、……幼い頃聞いた水晶谷の昔話を、私は今も心の中に大切にしまっている。

それは鄙びた山村などにごくふつうにありがちな言い伝えだろうし、今でこそそんな所が現実にはないことを知っている私だが、幼い心を刺激したこの小さな民話は私にはじめて山の神秘を知らせてくれたものだったような気がする。

「山のクリスタル」――何と水晶にふさわしい呼び名だろう。それは自然の叡智が生み落とした幾何学美の造形なのだ。私は通いなれた上州の山の中でかわいらしい水晶の群の見つかる岩場を知っている。岩の隙間のやっと片手がはいるくらいの小さな洞に、水晶の子供たちとでも呼びたくなるような六角頭の細かい結晶がたくさんひしめいている。それは、これといった特徴もない山が、山自身のささやかな楽しみのためにちょっと岩に細工を施したようにも思える。私だけが山の秘密の道楽を覗き見る資格があるとは思っていないが、そこはめったに人目に触れる所でもないし、まして何でも珍しいものとみればもぎとってゆくこの頃の登山者に見つかるような所でもないので、私はしごく安心している。

そこへ行くたびに私はかならずこの洞を覗くことにしている。そして眼を近づけて水晶の子供たちの鈍い光を視野いっぱいに受けとめてみる。するとあの水晶谷の昔話が私の心に浮かんできて、幼い空想の世界に私をひきもどすのだ。

執念の槌音《つちおと》

山で思いがけなく古い鉱山の跡に出くわした時ほど不気味なことはない。太古の遺跡ならばまだしも、ついこの間まで人の住みついていた跡を見るのは何とも耐えがたい。それも多くは人里を遠く離れた谷の奥に富を求めて集まり住んだ人々なのだ。そのかりそめの繁栄の末路がそこにある。いつの頃開かれ、またいつ捨てられた鉱山《やま》かは知らないが、隔絶し、孤島のように閉ざされた小社会であっただけに、地の富への人間の執念が凍りついていていっそう哀れに思われる。

十年ほど前の秋、鬼怒《きぬ》川の上流から奥日光へ通ずる長い林道を歩いている時、とつぜん古い金山の跡に出た。夕闇が近づいていて、しかもどういうわけか右足のくるぶしのあたりがしきりと痛んでいっこうに道がはかどらず、だんだんと心細くなっている時だった。ひとりで山を歩くことにはなれてもいるし、よほどのことにも驚かない精神力は備えているつもりだが、この時だけは今考えても背筋の寒くなる思いだった。

深く開析された沢の、ところどころ地肌の露われた、ただでさえ陰惨な風景の中に、土台石だけが残っている住居の跡や朽ちて変色した木材、崖にむなしく口をあけている坑道などが奇妙に静まりかえっている。それはたしかに大地への信頼を裏切られた人間の廃墟なのだ。一くれの土、一本の木からも妖気が立ちのぼって、今にも私の体を包みかくしてしまうかもしれない。私は大声をあげて自分の存在を確かめてみようと思った。声はうつろに響きながら山肌に吸いこまれていった。すると古い鉄槌の響が幻聴となって私を追いかけてきた。槌音は、現代の恩恵の中で生きているちっぽけな人間をあざ笑っている、いや打ち砕こうとしているのだ。私は振りかえることさえ恐しくて、一目散に峠への道を急ぐのだった。

怒りの岩

安山岩は日本の山ではごくふつうに見られる火山岩だ。火山岩である以上、現在冷え固まっていてももとをただせばすべて地底から焼けただれて噴き出したものである。なかでも新しい火山の火口から熔岩流となって流れ出る時、われわれは怒りに燃えた火の河をそこに見る。

〝安山岩？　聞いてあきれるよ。何が山を安らげる岩なものか。人間にもときどきいるけれど、字面はおとなしそうでその実乱暴者なんだな、君は！〟

〝いや俺は心外なんだ。俺の原名はアンデサイト、南米アンデスがふるさとさ。それを、何でもむずかしい名前を岩石につけたがる日本の学者が、俺の番がまわってきたらとうとうめんどくさくなって、語呂合わせみたいに字を当てて、安山岩《アンザンガン》としてしまったのさ〟

彼はあきらかに自分につけられた名前にはたいへん不満であるし、早急に改名してほしいと思っている。だがそれはむずかしい。いちど決まった名前を変えれば混乱を招くことを学者たちは百も承知しているからだ。彼の憤懣はつのるいっぽうである。ついに彼は実力行使に踏みきる。隙をみては地表に這い上がってきて火口から流れ出るのだ。こうして灼熱の熔岩は巨大な火の帯となって森を焼き、人畜に危害を加える。

そして冷え固まったあとも彼は怒りの表情をやわらげない。たとえば桜島のあの厖大な熔岩塊の一つ一つを見るといい。目を吊り上げている奴、口をとがらせている奴、怒髪天をついている奴……どれもこれもつかみかからんばかりの形相だ。しかもよく耳をすますと、どの岩もしきりにつぶやいている、《観光バスなんか連ねてのんびりと俺たちの顔を見物か、そんなに珍しいんなら、今に見ていろ、また新しい熱いのを流してやるから……

そしたらせっかくお作りになった観光道路もめちゃくちゃさ……》

山の乳

もうすぐ三歳になる子供は珍しいものがあると何でも訊ねたがる。昔私が足尾山地で採集してきた小さな鍾乳石を戸棚から引きずり出してきて「これなあに？」と訊く。「石」と答えるだけでは彼はおそらく満足しない。「これはね、お山のオッパイですよ」「え？」彼にしてみれば、オッパイを出すのは母親と牛だけだと思っているのだから無理もない。「お山もね、深あい穴の中で少しずつ少しずつオッパイを出してるんだよ」「！」ここで彼はあきらめる。どうせ父親に訊いても納得のゆく答えは得られないからだ。

だがお前がもっと大きくなったら、きっとこんな話を聞かせてあげるよ。《深い深い山奥にぽっかりと暗いほら穴があいているんだ。そこは大きな岩の横っ腹で誰もなかなか近づけやしない。中へはいってみよう、ろうそくをつけようか。ほら、明るくなった。天井を見てごらん、あそこにもここにもいっぱい垂れ下がっている、これが山のお乳さ。これはね、山の精が森のけものたちに内緒でしぼってる乳なんだ。だから誰も飲みてがなくって、できるそばからこうしてみんな固まってしまうんだ……そしてほら、耳をすましてごらん……小さい小さい水の音が聞えるだろ、あれはね、岩の隙間からちょろちょろちょろちょろと水がしみでているんだよ。山の精があの水を使って岩を溶かすとお乳ができるの

さ。だからきっとこのほら穴は山の精の秘密の地下室なんだね。》
そうこうしているうちに、こんな作り話では子供は飽き足りなくなるだろう。そしたら私は率直に答えてやらねばなるまい、石灰岩のこと、炭酸カルシウムのこと……。そして私の夢もその頃になると子供なみに拡げるわけにはいかなくなって、さびしい思いをするにちがいない。

巨岩の嘆き

最後の氷河がこの圏谷《カール》を去ってからもう一万年あまりになる。今でこそ夏山の盛りには岩雲雀が囀りにくるし、登山者の群でお花畑もにぎわうけれど、その昔ここに氷河が青く光っていた頃は有機物のかけらさえ見当らなかった。

だからカールの生みの親が氷河であることを知っているのは、稜線に二つ肩を並べている花崗岩の大岩しかいない。岩は自分たちの年齢を語りたがらないし、そんなに気の遠くなるような数字を数えあげる気力ももうない。それでも二つの岩は、吹雪の止んだ夜や夏の登山者が寝静まったあとぼそぼそと昔話をする。むこうの山脈に青白い氷河がいくつもかかっていた頃のこと、今はおつにすましている休火山が、さかんに煙を吐いていた頃のこと、それに人間という二本足の生き物をはじめて見かけた時のこと……そして最後には、いつものことながらかわるがわる愚痴をこぼすことになる。それは登山の季節になると鋲靴でさんざんこづきまわした上、あたりをごみ捨場のようにしてしまう人間どもへの不信だ。きれい好きの花崗岩は、雨燕が通りがかりに白い洗礼を施してゆくのすら快く思っていないのに、つきあいのいちばん新しい人間が最も横暴な仕打ちをすることを憤っている。だが彼らにはそれを人間に対して訴える手段がない。鳥も高山植物も岩の言葉はわからないから、その主張を聞いてはくれない。

孤独な岩同士は彼らだけに共通な言葉で慰めあうしかない。《これであと一万年も経ったらどうなるだろ……》《なあに一万年なんてすぐ来るよ、人間の世界なら遠い遠い未来の話だろうけど、われわれにしてみれば瞬間だもの、おたがい今と同じだろうな。まあそのとき人間がどうなっているか、ちょっと楽しみだがね。》

伊藤和明（いとう・かずあき）一九三〇年生まれ。防災情報機構会長。

「アルプ」のこと

池内　紀
（ドイツ文学者・エッセイスト）

昭和三十三年（一九五八）三月、一つの雑誌が創刊された。並外れて美しく、並外れて高価な雑誌だった。終刊は昭和五十八年（一九八三）二月。まる二十五年にわたり三〇〇号を数えた。

誌名は「アルプ」。その名前からもわかるように山の雑誌だった。少なくとも山の雑誌としてはじまった。発行所は創文社。創刊号は全六十八頁。定価八〇円。

昭和三十三年当時の八〇円が、どれほどの価格であったか。そのころ、東京の日常の乗り物だった都電が十三円。二年前にすったもんだの末、十円から十三円に値上げされたばかりだった。

三〇〇号を通して、装丁はほとんど変わらなかった。表紙は緑がかった水色。フランス語で、「ヴェール・ドー」とよばれる色だろう。漉《す》きのスジが横にうっすらと入っている。そこに黒、あるいは濃いベージュで「アルプ」のタイトル文字。本文はクリームがかった高級紙。原色版の挿画が一点。ほかにモノクロ写真、多くのカットがついた。

山の雑誌だが、山の案内はしない。コース紹介、技術や用具をめぐる実用記事といったものもまるでなし。広告は一切のせない。

そんな雑誌が三〇〇号つづいた。わが国のジャーナリズムにあって、とびきり大胆で、きわめて珍しいケースだったのではあるまいか。ふつう雑誌は何であれ、にぎにぎしく騒ぎ立て、読者にウィンクし、新味をちらつかせ、情報で脅しつける。そんななかで、ひとり「アルプ」は終始つましく、ひっそりとしていた。みずからの孤独を言いきかせるように、表紙の絵も沈んだ中間色におさえてあった。雑誌そのものがあまりにそれ自体で完成されていたので、すべてが「アルプ」自身のなかに封じこめられ、思い返すとき、さながら白昼夢のような気がする人もいるのではなかろうか。

「アルプ」創刊の翌年にあたる昭和三十四年（一九五九）、週刊現代、週刊文春など五つの週刊誌がいっせいにスタートしている。「所得倍増」を合言葉に、わが国が息せき切って高度成長へと駆け出していったころである。やがて「日本列島改造論」が華々しく登場した。国中が開発でいろめき立った。

そんな時代相とかかわりなく、「アルプ」は月ごとにひっそりとあらわれた。一〇〇号が出たのは昭和四十一年（一九六六）六月。記念に「山と私特集号」とした。頁数もガンバって一六四頁。だが一〇一号からは、もとの薄さにもどった。

二〇〇号は昭和四十九年（一九七四）九月のこと。「忘れ得ぬ山」の記念特集を組み、これまでの総目次をつけたので、全体が一八七頁にふくらんだ。しかし、二〇一号からは、やはりもとにもどった。

時代と同調したのは、ただ一つ値段だけ。所得とともに物価が倍々に上がっていたせいだろう。「アルプ」はいつしか百円、二百円をこえ、三五〇円、ついで五百円。おりしも「千円亭主」という言葉がはやっていた。サラリーマンひと月の小遣いが千円。もしも「アルプ」を買うと、いちどに半分がとんでしまう。

山の雑誌にとどまらず、これが、あるはっきりした考えにもとづいて出されていたことが見てとれるだろう。地味で、めだたないが、何ものにも流されない強靭《きょうじん》な性格をおびていた。

誰が発案し、誰が継続させたのか。

各号のおしまいについている「編集室から」をたどっていくと、ほぼわかる。編集委員といった、ゆるやかなグループがあって、中心に串田孫一《くしだまごいち》がいた。その手足となったのは、当初まだ二十代半ばの青年たちだった。制作にあたっては、編集長大洞正典《おおほらまさのり》が優雅な誌面づくりをした。

それにむろん、読者がいたからである。広告にたよらない雑誌を読者が支えた。どちらかというと懐《ふところ》の乏しい層で、千円亭主にもとどかない。時代に背を向けがちで、高度成長のおこぼれにもあずからない。さみしい財布と相談して、目をつぶるようにして買い求め、いそいそと抱いて帰った。

「アルプ」は山の雑誌だったが、山をめぐって鋭い観察と深い省察がつづられるとき、おのずと山の雑誌からはみ出した。山人《やまびと》や山の生きものたちが語られるとき、それは文明批判をおびてくる。そこにはつねに、それぞれが行きついた桃源郷が語られていた。酸欠ぎみの人の世とへだたりをとり、てくてく歩いて足で見つけた。発見譚は、より自由で、より広い視野へと人を解放する。その意味で新しい思想とひとしい。そしてほんとうの思想がつねにそうであるように、軽やかで、こともなげで、人をとらえても、決して重苦しく呪縛しない。応じてしばしば思想とすら思えない。

ほんの少し山歩きをしただけで、よくわかる。この日本国ときたら、見わたすかぎり山また山。地形はすさまじいばかりの起伏をくり返し、わずかにひらいた一点に人家とビルがひしめいている。季節もまた多様に変化して、四季ごとに万物が色どりと形を変える。雨に恵まれ、地上のフローラはおそろしく多彩であり、ほとほと植物学者の手をやかせてきた。

人々の感性と文化を養ってきた環境である。ドストエフスキーが書いたような「地下生活者の手記」は、この国ではつづられない。どうしてわざわざ地下に閉塞する必要があるだろう？　ここでは道の辺の花にも神がいる。野の草花が、にこやかにほほえむ石ぼとけに供えられる。

その列島が、いまや「改造」の名のもとに土建屋に売り渡された。自然のパノラマよりも土地権利証が人をとらえる。そんな時代にあって、「アルプ」は、ことさらしかつめらしい批判などせず、意味ありげな訓戒を垂れたりもしなかった。頁をひらくと澄んだ空気が流れ出た。木の葉のように軽妙で、風にしなる枝のように柔らかい。つまり、並外れて健全に、そして厳格に生きたということだ。そして、自分のつとめを果たし終えたかのようにして消えた。

「アルプ」の敵は実のところ、時代よりも「アルプ」自身だった。並外れて美しくつくられ、高踏的で、反時代的で、反世俗的な雑誌は、号を重ねるにつれて、いや応なく特有の匂いと姿勢と語彙《ごい》をおびていった。もともと山の世界には独特のくさみがある。そのなかに編集者と読者でつくられた「アルプ王国」といったものができていった。

二十五年間に及んで寄稿家は六〇〇人をこえた。編集者の配慮と苦心がうかがえる。狭い王国としないこと。ひろく異質の人を受け入れる。スノビズム、またマンネリズムに堕してはならない。

寄稿を求めるにあたり、微妙なバランスが見てとれる。武田久吉《たけだひさよし》、田部重治《たなべじゅうじ》、冠松《かんむりまつ》次郎《じろう》といった戦前からの登山界の長老たちの昔ばなし。深田久弥《ふかだきゅうや》、上田哲農《うえだてつの》、尾崎喜八《おざききはち》、河田楨《かわだみき》など、山のジャーナリズムの名士たちの登山談義。辻《つじ》まことや畦地梅太郎《あぜちうめたろう》など、画家であっても画壇と遠いところで自由に生きていた人たちのエッセイ。近藤信行《こんどうのぶゆき》による「小島烏水《うすい》」の評伝や宇都宮貞子《うつのみやさだこ》の「草木ノート」などには、惜しみなく紙面を提供して、大きな仕事をやりとげさせた。大谷一良《おおたにかずよし》といった、まだほとんど無名のサラリーマン兼版画家に表紙絵からカットをゆだねた。さらに一般読者に寄稿を求め、そこから一つ、二つと掲載した。

たえず新陳代謝を図ってのこと。同じ体質の者の集まりが陥りがちな危険を察知してのことにちがいない。

ちなみに、「アルプ」の二十五年は、私には十七歳から四十二歳までにあたる。学生のころから山が好きだった。たいてい一人で寝袋をかつぎ、トコトコと登っていった。山で見る星はピンポン玉のように大きい。満天に銀色の玉がひしめいている。そこを斜めにつっきって流星が走った。寝袋から首だけ出して、そんな夜空をながめていた。

とりたてて「アルプ」の愛読者というのではなかった。ときおり本屋で手にとることはあったが、めったに買わなかった。活字よりも実物の山があった。そのためには節約しなくてはならない。それに足が歩くためにあるように、目は見るためにあり、頭は考えるためにある。さしあたりは自前の目と頭で足りた。

それでもときおり、懐をはたいて買った。読みたい人の名がある号だった。俗悪であれ、この世をほがらかに受け入れ、外側の世界にかぎりない興味をもっている人。それをおもしろがり、考えるタネにして、思考自体を楽しんでいる人。たしかに「アルプ」には、そんな世の賢者たちが少なからずいた。

彼らはいつもいきいきと行動し、何てこともない山野を巡って一向に倦《う》まない。魅力ある個性であって友人は多いだろうに、どこかしら孤独の影をもっていた。それは人間世界から離れた山境であれ、町にもどってであれ、つまるところはかわらない——。

三十三篇を選んだ。自然と人をよく見て分析し、整理したもの。だから表現が的確で、硬質だ。巷《ちまた》に劣らず騒々しい山の文明を、ユーモラスに語るすべをこころえているもの。『ちいさな桃源郷』と名づけた。われわれの住むところの、ほんの少し先にある。そんな未知に目を開いてくれる。どんなに人間に痛めつけられても、季節が変わると、風はつねに新しい世界の誕生を告げてくる。新しい精気と色どりが森や谷間や山里にしのび寄る。それを小声で知らせてくれるものたち。「アルプ」から、いろいろいただいたから、これはちいさな返礼だ。

二〇〇三年六月

中公文庫版に寄せて

山の文芸誌「アルプ」から一つのアンソロジーをつくる。幻戯《げんき》書房を始めるにあたり、故辺見《へんみ》じゅんさんがあたためていたプランだった。だから『ちいさな桃源郷』が仕上がって届いたとき、二人して表紙をなでたり、鼻でクンクンかいだりした。ちょうど久しぶりの恋人の頬をなでたり、おでこをかいだりするように――。

そのアンソロジーが文庫になる。ひろい読者、とりわけ若い読者の手に。おもえば不思議な話なのだ。「所得倍増」を旗じるしに、国をあげて高度成長へと走りこんだ。すべてを金銭に換算する時代が到来した。そんな世相のなかで、「アルプ」は小声で、この国の山河と人と生きものを語りつづけた。そこにはいつも深い静けさがあり、爽《さわ》やかな風が吹いていた。わが国の雑誌ジャーナリズムのなかで、稀有《けう》なことだったのではあるまいか。これはそのささやかな証《あかし》である。なお『ちいさな桃源郷』には『山の仲間たち』（幻戯書房）という弟がいることもお伝えしておこう。

二〇一八年二月

初出一覧

三種の宝器　アルプ３００号／昭和58年２月
赤石山麓の毛皮仲買人のことなど　アルプ２２９号／昭和52年３月
神流川を遡って　アルプ1号／昭和33年３月
小屋で暮したとき　アルプ50号／昭和37年４月
廃屋の夏　アルプ１６２号／昭和46年８月
桃源境・三之公谷　アルプ１５９号／昭和46年５月
塩川鉱泉　アルプ１３６号／昭和44年６月
山村かたぎ　アルプ２０６号／昭和50年４月
へらだし　アルプ１３６号／昭和44年６月
カッパ山　アルプ１３６号／昭和44年６月
市之蔵村　アルプ１７０号／昭和47年４月
四つの道　アルプ１０５号／昭和41年11月
高原の五線紙　アルプ１１１号／昭和42年５月
峠の日記　アルプ１２９号／昭和43年11月
こんにゃくの村　アルプ１２９号／昭和43年11月
鎌仙人　アルプ１１６号／昭和42年10月
栄作ジイ　アルプ１６５号／昭和46年11月

四十曲峠　アルプ69号／昭和38年11月
峠の地蔵　アルプ１７０号／昭和47年４月
ちおんばの山　アルプ１３６号／昭和44年６月
L'HISTOIRE DE LA NUIT　アルプ79号／昭和39年９月
水の月　水の星　アルプ91号／昭和40年９月
あむばあるた　アルプ１００号／昭和41年６月
山村で暮らす　アルプ１２９号／昭和43年11月
蒼い岩棚　アルプ79号／昭和39年９月
黒沢小僧の話　アルプ79号／昭和39年９月
神のいる湖　アルプ１４７号／昭和45年５月
山の湖　アルプ１４７号／昭和45年５月
岩の神・山の神　アルプ54号／昭和37年８月
甲州街道・鶴川宿の夏　アルプ２１３号／昭和50年11月
石鎚山への慕情　アルプ１５０号／昭和45年８月
花崗岩の断片　アルプ54号／昭和37年８月
石のファンタジア　アルプ85号／昭和40年３月

『ちいさな桃源郷』二〇〇三年九月　幻戯書房刊
文庫化にあたり、副題を付しました。

本書には今日の人権意識に照らして不適切と思われる表現が使用されていますが、作品の文化的価値および発表当時の時代背景を考慮し、そのままとしました。

本書籍は、平成三十年三月十二日に著作権法第六十七条の二第一項の裁定を受けて作成されたものです。

中公文庫

ちいさな桃源郷《とうげんきょう》
——山《やま》の雑誌《ざっし》アルプ傑作選《けっさくせん》

2018年3月25日　初版発行
2019年2月5日　再版発行

編　者　池《いけ》 内《うち》 紀《おさむ》

発行者　松田陽三

発行所　中央公論新社
〒100-8152　東京都千代田区大手町1-7-1
電話　販売 03-5299-1730　編集 03-5299-1890
URL http://www.chuko.co.jp/

ＤＴＰ　平面惑星
印　刷　三晃印刷
製　本　三晃印刷

Published by CHUOKORON-SHINSHA, INC.
Printed in Japan　ISBN978-4-12-206501-7 C1195

定価はカバーに表示してあります。落丁本・乱丁本はお手数ですが小社販売部宛お送り下さい。送料小社負担にてお取り替えいたします。

中公文庫既刊より

く-27-1
遙かなる山旅
串田孫一
山に登り自然の中に身を置くことで、自らとの対話を続けた思索家の、山エッセイ・ベストセレクション。『山歩きの愉しみ』改題。〈解説〉高丘卓
206526-0

あ-69-1
追悼の達人
嵐山光三郎
情死した有島武郎に送られた追悼は？　三島由紀夫の死に同時代の知識人はどう反応したか。作家49人に寄せられた追悼を手がかりに彼らの人生を照射する。
205432-5

あ-69-2
西行と清盛
嵐山光三郎
歌に生きた西行、権力に生きた清盛。二人は北面の武士で同い年の同僚だった。歌を介し生涯交わり続けた、同じ花弁の裏表のような二人を描く時代小説。
205629-9

あ-69-3
桃仙人 小説 深沢七郎
嵐山光三郎
「深沢さんはアクマのようにすてきな人でした」。斬り捨てられる恐怖と背中合わせの、甘美でひりひりした関係を通して、稀有な作家の素顔を描く。
205747-0

う-9-4
御馳走帖
内田百閒《ひゃっけん》
朝はミルク、昼はもり蕎麦、夜は山海の珍味に舌鼓をうつ百閒先生の、窮乏時代から知友との会食まで食味の楽しみを綴った名随筆。〈解説〉平山三郎
202693-3

う-9-5
ノラや
内田百閒
ある日行方知れずになった野良猫の子ノラと居つきながらも病死したクルツ。二匹の愛猫にまつわる愛情と機知とに満ちた連作14篇。〈解説〉平山三郎
202784-8

う-9-6
一病息災
内田百閒
持病の発作に恐々としつつも医者の目を盗み麦酒をがぶがぶ……。ご存知百閒先生が、己の病、身体、健康について飄々と綴った随筆を集成したアンソロジー。
204220-9

う-9-7
東京焼盡《しょうじん》
内田百閒
空襲に明け暮れる太平洋戦争末期の日々を、文学の目と現実の目をないまぜつつ綴る日録。詩精神あふれる稀有の東京空襲体験記。
204340-4

う-9-10
阿呆の鳥飼
内田百閒
鶯の鳴き方が悪いと気に病み、漱石山房に文鳥を連れて行く……。『ノラや』の著者が小動物たちとの暮らしを綴る掌篇集。〈解説〉角田光代
206258-0

う-9-11
大貧帳
内田百閒
お金はなくても腹の底はいつも福福である——質屋、借金、原稿料……飄然としたなかに笑いが滲みでる。百鬼園先生独特の諧謔に彩られた貧乏美学エッセイ。
206469-0

う-30-1
「酒」と作家たち
浦西和彦編
『酒』誌に掲載された川端康成ら作家との酒縁を綴った三十八本の名エッセイを収録。酌み交わし、飲み明かした昭和の作家たちの素顔。〈解説〉浦西和彦
205645-9

う-30-2
私の酒 『酒』と作家たちII
浦西和彦編
『酒』誌に寄せられた、作家による酒にまつわるエッセイ四十九本を収録。酒の上での失敗や酒友と過ごした時間、そして別れを綴る。〈解説〉浦西和彦
206316-7

た-15-6
富士日記（上）
武田百合子
夫泰淳と過ごした富士山麓での十三年間の日々を、澄明な目と天性の無垢な心で克明にとらえ天衣無縫な文体でうつし出した日記文学の傑作。田村俊子賞受賞作。
202841-8

た-15-7
富士日記（中）
武田百合子
天性の芸術者である著者が、一瞬一瞬の生を特異な感性でとらえ、また昭和期を代表する質実な生活をあますところなく克明に記録した日記文学の傑作。
202854-8

た-15-8
富士日記（下）
武田百合子
夫武田泰淳の取材旅行に同行したり口述筆記をする傍ら、特異の発想と表現の絶妙なハーモニーで暮らしの中の生を鮮明に浮き彫りにする。〈解説〉水上　勉
202873-9

各書目の下段の数字はISBNコードです。978－4－12が省略してあります。

コード	タイトル	サブタイトル	著者	内容紹介	ISBN
た-28-15	ひよこのひとりごと	残るたのしみ	田辺 聖子	他人はエライが自分もエライ。人生はその日その日の出来心──七十を迎えた「人生の達人」おせいさんが、年を重ねる愉しさ、味わい深さを綴るエッセイ集。	205174-4
た-28-17	夜の一ぱい		浦西和彦 編	友と、夫と、重ねた杯の数々……。四十余年の長きに亘る酒とのつき合いを綴った、五十五本のエッセイを収録。酩酊必至のオリジナル文庫。〈解説〉浦西和彦	205890-3
ね-2-8	山の人生	マタギの村から	根深 誠	下北半島にある小さな山村、畑は一子相伝でマタギの作法が受け継がれてきた村である。今は消滅してしまった畑の伝承を克明に記述した貴重な一冊。	205668-8
や-33-4	みんな山が大好きだった		山際 淳司	雪煙のなかに消えていった男たちをいま一度よみがえらせ、その鮮烈な生を解剖する！　急逝したノンフィクション作家の尖鋭的な名作。	204212-4
よ-5-8	汽車旅の酒		吉田 健一	旅をこよなく愛する文士が美酒と美食を求めて、金沢へ、そして各地へ。ユーモアに満ち、ダンディズムが光る汽車旅エッセイを初集成。〈解説〉長谷川郁夫	206080-7
よ-5-11	酒談義		吉田 健一	少しばかり飲むというのは程つまらないことはない──。飲み方から各種酒の味、思い出の酒場まで、ユーモラスに綴る究極の酒エッセイ集。文庫オリジナル。	206397-6
よ-5-10	舌鼓ところどころ／私の食物誌		吉田 健一	グルマン吉田健一の名を広く知らしめた「舌鼓ところどころ」、全国各地の旨いものを紹介する「私の食物誌」。著者の二大食味随筆を一冊にした待望の決定版。	206409-6
よ-5-9	わが人生処方		吉田 健一	独特の人生観を綴った洒脱な文章から名篇「余生の文学」まで。大人の風格漂う人生と読書をめぐる随想集。吉田暁子・松浦寿輝対談を併録。文庫オリジナル。	206421-8

よ-5-12
父のこと
吉田　健一
ワンマン宰相はワンマン親爺だったのか。長男である著者の吉田茂に関する全エッセイと父子対談「大磯清談」を併せた待望の一冊。吉田茂没後50年記念出版。
206453-9

よ-17-9
酒中日記
吉行淳之介 編
吉行淳之介、北杜夫、開高健、安岡章太郎、瀬戸内晴美、遠藤周作、阿川弘之、結城昌治、近藤啓太郎、生島治郎、水上勉他――作家の酒席をのぞき見る。
204507-1

よ-17-10
また酒中日記
吉行淳之介 編
銀座や赤坂、六本木で飲む仲間との語らい酒、先輩たちと飲む昔を懐かしむ酒――文人たちの酒にまつわる出来事や思いを綴った酒気漂う珠玉のエッセイ集。
204600-9

よ-17-12
贋食物誌《にせしょくもつし》
吉行淳之介
たべものを話の枕にして、豊富な人生経験を自在に語る、洒脱なエッセイ集。本文と絶妙なコントラストを描く山藤章二のイラスト一〇一点を併録する。
205405-9

よ-17-13
不作法のすすめ
吉行淳之介
文壇きっての紳士が語るアソビ、紳士の条件。著者自身の酒場における変遷やダンディズム等々を通して「人間らしい人間」を指南する洒脱なエッセイ集。
205566-7

よ-17-14
吉行淳之介娼婦小説集成
吉行淳之介
赤線地帯の疲労が心と身体に降り積もり、街から抜け出せなくなる繊細な神経の女たち。「赤線の娼婦」を描いた全十篇に自作に関するエッセイを加えた決定版。
205969-6

か-18-7
どくろ杯
金子　光晴
『こがね蟲』で詩壇に登場した詩人は、その輝きを残し、夫人と中国に渡る。長い放浪の旅が始まった――青春と詩を描く自伝。〈解説〉中野孝次
204406-7

か-18-8
マレー蘭印紀行
金子　光晴
昭和初年、夫人三千代とともに流浪する詩人の旅はいつ果てるともなくつづく。東南アジアの自然の色彩と生きるものの営為を描く。〈解説〉松本　亮
204448-7

各書目の下段の数字はＩＳＢＮコードです。978－4－12が省略してあります。

か-18-9
ねむれ巴里
金子光晴
深い傷心を抱きつつ、夫人三千代と日本を脱出した詩人はヨーロッパをあてどなく流浪する。『どくろ杯』につづく自伝第二部。〈解説〉中野孝次
204541-5

か-18-10
西ひがし
金子光晴
暗い時代を予感しながら、喧噪渦巻く東南アジアにさまよう詩人の終りのない旅。『どくろ杯』『ねむれ巴里』につづく放浪の自伝。〈解説〉中野孝次
204952-9

か-18-11
世界見世物づくし
金子光晴
放浪の詩人金子光晴。長崎・上海・ジャワ・巴里へと至るそれぞれの土地を透徹な目で眺めてきた漂泊の詩人が綴るエッセイ。
205041-9

か-18-12
じぶんというもの　金子光晴老境随想
金子光晴
友情、恋愛、芸術や書について——波瀾万丈の人生を経て老境にいたった漂泊の詩人が、人生の後輩に贈る人生指南。〈巻末イラストエッセイ〉ヤマザキマリ
206228-3

か-18-13
自由について　金子光晴老境随想
金子光晴
自らの息子の徴兵忌避の顚末を振り返った「徴兵忌避の仕返し恐る」ほか、戦時中も反骨精神を貫き通した詩人の本領発揮のエッセイ集。〈解説〉池内恵
206242-9

か-18-14
マレーの感傷　金子光晴初期紀行拾遺
金子光晴
中国、南洋から欧州へ。詩人の流浪の旅を当時の雑誌掲載作品や手帳などから編集する。晩年の自伝三部作へ連なる原石的作品集。〈解説〉鈴村和成
206444-7

コ-7-1
若い読者のための世界史（上）原始から現代まで
E・H・ゴンブリッチ
中山典夫訳
歴史は「昔、むかし」あった物語である。さあ、いまからその昔話をはじめよう——若き美術史家ゴンブリッチが、やさしく語りかける、物語としての世界史。
205635-0

コ-7-2
若い読者のための世界史（下）原始から現代まで
E・H・ゴンブリッチ
中山典夫訳
私たちが知るのはただ、歴史の川の流れが未知の海へ向かって流れていることである——美術史家が若い世代に手渡す、いきいきと躍動する物語としての世界史。
205636-7